ベリーズ文庫

愛され任務発令中！

～強引副社長と溺甘オフィス～

田崎くるみ

STARTS
スターツ出版株式会社

目次

愛され任務発令中！～強引副社長と溺甘オフィス～

番外編

特別書き下ろし番外編

愛され任務発令中！
～強引副社長と溺甘オフィス～

任務その1『苦手な彼の素性をしっかり把握せよ』

思い返せば私の人生、いつも崖っぷちだった。けれど、今以上に窮地に立たされたことはない。

緊張感漂う面接室で、真新しいリクルートスーツに身を包んだ私は、コントのようにうつ伏《ぶ》せに倒れ込んだまま、微動だにできずにいた。

えっと……これは一体どうしたものだろうか。

第一志望の会社で、気合い充分で来たはずなのに。いつもこうだ、気合いとやる気が空回りしてしまうんだ。

面接してもらう前から終わった。この会社は落ちただろう。そう思っていたんだけど……。

人生は何が起こるかわからない。だからこそ私みたいな人間でも、今までなんとか生きてこられたのだ。

＊　＊　＊

六月中旬。関東地方でも、いよいよ梅雨《つゆ》入り間近となった今日この頃。私はビルの三十階にある受付の一角で上司とふたり、途方に暮れていた。

「えっと、小山《おやま》さん……このコーヒーの量は、一体何かな？」

「すっ、すみません！　注文数を間違えてしまったようでっ……」

宅配業者から届いた五つのダンボール箱を前に、ひたすら頭を下げるばかりの私、小山菜穂美《なほみ》。今年入社したての二十三歳。身長百五十七センチ。肩まである黒髪のセミロングヘアで、どこにでもいるような平凡な顔立ちをしている。

どうして私が受かったのか、働いている今も謎だったりする。昔からちょっと……いや、かなりヌケているというか、要領が悪いというか、ドジというか……。何かとやらかしてきた。〝ここぞ〟という場面で気合いを入れると、必ずといっていいほど失敗してしまうんだ。

例えば運動会では、リレー競技で一位でバトンを受け取ったのに、ゴール直前で転倒してビリになっちゃったり。練習ではばっちりだったのに、文化祭の演劇発表会本番でセリフを間違えたり。一生懸命勉強したテストの範囲がそもそも間違っていて、赤点を取ってしまったり……。努力は人一倍してきたはずなのに、昔からそれが報われたことはない。

高校受験や大学受験で失敗しないか心配した両親に、中学から大学までエスカレーターで上がれる私立校を勧められ、どうにか合格して大学までは平穏に暮らしてこられた。まぁ……小さな失敗は多々あったけど。

そして迎えた魔の就職活動。

私は第一志望の会社の面接で、席に着くまでの間に豪快にコケるという大失態を犯してしまったわけで……。

絶対に内定なんてもらえないと思っていた。その後の面接でもテンパってしまい、何を話したのか記憶にないくらいだし。

だけど、人生とは本当に何が起こるかわからないもので、どういうわけか採用試験に合格し、こうして働かせてもらっているわけだけど……。

「うーん……まぁ、うちの職場、コーヒー好きの人多いし、どうにか消費できるかな」

苦笑いしながらも、寛大な心で許してくれる上司には頭が下がる。

「本当にすみません！」

私が間違えてしまったのは、社員が利用しているコーヒーマシーンの、詰め替え用カートリッジの量。ひと桁《けた》多い量で発注してしまったのだ。

「これからは、ちゃんと数を確認しないとダメだからね」

「はい！　それはもう、細心の注意を払います‼」

大きく頭を下げると、五歳年上の上司、野原《のはら》剛《つよし》主任はクスリと笑った。

都内のオフィス街、地上四十五階建てビルの三十階フロア全体に、私が勤める『株式会社クラルテプロモーション』がある。

主にｗｅｂサイトの企画・制作・運営支援および管理業務や、ｗｅｂサイト全般に関するコンサルティング業務、そのほかにもゲームアプリや社内ＳＮＳの企画・開発なども手がけている。

設立当初から毎年順調に業績を伸ばしており、従業員数は約七百名。私が勤める本社ビルのほかに、大阪支社と九州支社もあり、同業界から注目を集めている。

私が配属された総務部には十五名いて、社内文書作成や備品管理、会議や社内イベントの企画・運営などが主な仕事。いわゆる『なんでも屋さん』だ。

「とりあえず、これ運ぼうか。台車持ってくるから待ってて」

「あぁ、主任！　それなら私がっ……！」

そんなの下っ端の私がやる仕事！

すぐに挙手して取りに行こうとしたけれど、野原主任の容赦《ようしゃ》ない言葉で止められた。

「小山さんに任せるとかなり不安だから、ここは俺が行くよ」

「……はい」

ニッコリ微笑《ほほえ》まれ、顔が引きつる。

野原主任は総務部の中で一番優しくて、仕事もいろいろと丁寧に教えてくれる。でも……誰よりもズバズバとものを言うのも彼だったりする。いや、もちろん野原主任の言っていることはもっともなんだけど。

わかってはいるものの、台車を取りに行くことすら任せてもらえない現実に肩を落としていると、受付の女性社員の、少しだけ強張《こわば》った声が聞こえてきた。

「お疲れさまです、副社長」

咄嗟《とっさ》に声のするほうを見ると、受付の女性が深々と頭を下げている。

「お疲れさま」

ワンテンポ遅れて挨拶《あいさつ》を返すと、凛《りん》とした姿でカツカツと革靴の音を鳴らし、颯爽《さっそう》と歩み寄ってくる人物……。

わっ！　副社長だ！

変な緊張感に襲われながら、私も慌てて頭を下げた。

けれど、彼はあっという間に横を通り過ぎ、オフィスへと続くドアの向こう側へ行ってしまった。

「いつ見ても副社長って素敵よね」

「ねー。代表のご子息だけあるわよね。……まぁ、性格は似ても似つかないけど」

「言えてる」

クスクスと笑う受付社員。

まぁ……副社長と代表は親子なのに、性格が全く似てないって話には頷《うなず》ける。

副社長……一之瀬《いちのせ》和幸《かずゆき》、二十八歳。身長百八十五センチの長身と、モデルのようなスタイル。艶《つや》のある黒髪は、いつもワックスできっちりセットされていて、そこら辺の俳優よりよっぽどイケメン。

完璧なのは容姿だけではない。かの有名な国立大学出身で、在学中にインターンシップでアメリカの某有名IT企業で働いた経験も持つ。語学堪能で英語はもちろん、中国語、フランス語まで話せるとか。

実務経験を積み、副社長の職に就《つ》いて早二年。早速手腕を発揮し、我が社はより一層業績を伸ばしている。

そんな彼は、常に女性社員の憧れの的。社内だけではなく、同じビルに入っている他企業の女性社員にもファンや狙っている人がいるとか、いないとか……。

だけど、な。私はどうも皆と一緒になってキャーキャー騒げない。

確かに副社長はカッコいいと思う。でも、どうもあの顔……というか表情が苦手。なぜなら彼は、笑ったところを誰も見たことがないほどポーカーフェイスだから。『感情ないんじゃないですか？』と聞きたくなるほど常に冷静沈着で、何を考えているのかわからないし。そばにいるだけで息が詰まりそう。

それに、女性社員に人気があるところが、早く忘れたいあの人になんとなく似ていて苦手なのだ。

昔の苦い思い出にチクリと胸を痛めていると、台車を取りに行っていた野原主任が戻ってきた。

「小山さん、お待たせ～。じゃあ、運ぼうか」

「あ、はい！」

ハッと我に返った私は、台車を取りに行かせてしまった分、『私が……！』と意気込み、ずっしりと重いダンボール箱を抱える。けれどその瞬間、思っていた以上に重くてふらついてしまう。

「ちょっ、ちょっと小山さん……⁉」

「だっ、大丈夫です！　これくらいっ……！」

名誉挽回《ばんかい》！　両足で踏ん張る。

「まったく和幸はっ……！　父親を置き去りにして帰るとは何事だ⁉」

「代表がモタモタしていらっしゃったからですよ」

けれど突然聞こえてきた大きな声に、身体がビクッと反応し、再び足元がふらつく。

「わっ⁉」

「おっ、小山さんっ！」

前方に倒れていく中で、脳裏に浮かんだのは面接日のこと。あの時もこんな風に転んだんだっけ……。なんてことを呑気《のんき》に考えていると、全身が痛みに襲われた。

倒れると同時に、手離してしまったダンボール箱の中からは、円形状のコーヒーカートリッジが散らばっていく。

カランカランと転がる音が、受付中に響き渡った。

「いたた…」

どうにか起き上がると、「あちゃー」と言いながら頭を抱え込んでいる野原主任を、視界が真っ先に捕らえる。

「すっ、すみません……」

あぁ、またやってしまった。後悔してもあとの祭りだとわかってはいるけれど、落ち込まずにはいられない。

ひたすら頭を下げ続けていると、急に「ガハハハッ！」と大きな笑い声が聞こえて

思わず顔を上げると、いつの間にか私たちの目の前に、五十代後半くらいの我が社の代表と、彼と同年代の男性秘書、田中《たなか》さんが立っていて、驚きのあまり後退《あとずさ》りしてしまった。

「これは皆が飲んでいるコーヒーだな。いつも切らさず補充してくれて助かっているよ。ありがとう」

「だっ、代表！　それは私たちが……っ！」

あろうことか、床に転がったカートリッジを拾い始めた代表に、野原主任は声をあげた。

その一方で私は頭の中が真っ白になり、言葉も出ない状態に陥る。

「いいって、気にするな。田中、お前も手伝え」

野原主任を手で止めると、秘書の田中さんにも拾えと言いだした代表。

仕事が早い田中さんの手には、すでにカートリッジが抱えられていた。

「とっくに拾い上げております。こちらの箱にお入れしても？」

「はっ、はい！」

田中さんに聞かれ、無意識に背筋がピンと伸びる。

私と野原主任は呆然《ぼうぜん》……というか、顔面蒼白《そうはく》になってオロオロするばかり。我に返ったのは、ふたりがすべて拾い終えた時だった。

「これでよしと！」

代表の声に、野原主任は大声で謝った。

「もっ、申し訳ありませんでした！」

「申し訳ありませんでした‼」

野原主任に続いて私も大きく頭を下げると、すぐに頭上から「気にすることはない」という声が降ってきた。

そして、なぜか感じる視線に恐る恐る顔を上げると、じーっと私を見つめていた代表と目が合い、たじろいでしまう。

「えっと……」

代表、一之瀬　和臣《かずおみ》は副社長の父親なだけあって、イケメンで長身。スーツやネクタイのセンスもよくて、実年齢より若く見える。四十代と言われても疑わないほどダンディで大人の男だ。

そんな人にじっと見られている状況に、どこを見たらいいのかわからず視線が泳ぐ。

するると、田中さんが助け船を出してくれた。

「代表、そんなにジロジロと見ては、小山さんが困ってしまいますよ」

「あぁ、そうだよな、すまん」

「いっ、いいいえ！」

『とんでもございません！』と心の中で叫んでいると、代表はククッと喉元《のど》を鳴らした。

「君のことは田中から聞いているよ。面接で一番印象に残ったと。あの時、怪我《けが》はしなかったか？」

そうだった、面接官のうちのひとりに田中さんがいたんだった。

「えっと……はい、特には」

恥ずかしくて、しどろもどろになりながらも答えると、代表はにんまりと笑った。

「それはよかった。……君の今後の活躍を大いに期待しているよ」

意外な言葉をかけられ、肩をポンと叩《たた》かれたものの、びっくりしすぎて声が出ない。

だって代表が私に『期待している』だなんて！　お世辞にしても、あり得なすぎる。

「それじゃ」

「失礼します」

固まる私をよそに、代表はスッと手を上げて颯爽と去っていく。

田中さんも、すかさず代表のあとを追った。

オフィスへと続くドアが閉まると、野原主任はそれはそれは大きなため息をついた。

「なんという失態。僕としたことが、代表に拾わせてしまうなんて……」

ガックリうなだれる野原主任に、申し訳なくなる。

「本当、すみませんでした」

すべて私のせい。また迷惑をかけてしまった。

「でも、お咎《とが》めなしでよかったよ。まぁ……代表はそれだけで叱《しか》るような人ではないけどね」

野原主任の言う通り、代表はおおらかな人だ。なおかつ表情も感情も豊かで、思ったことをよくそのまま声に出して言っている。それも社員の前で平然と。だから副社長とは違い、面白くて親しみやすい。

女性社員の大半は副社長のファンだけど、私は断然、代表派だ。もし代表が三十代くらいで独身・彼女ナシだったら、本気でアタックしていたかもしれない。

そんな代表にお世辞とわかっていても、『期待している』と言われたかと思うと、じわじわと嬉しさが込み上げてくる。

だって私の今までの人生で、そんな言葉をかけてくれた人なんて、ひとりもいなかったから。

「さて、今度こそ気をつけて運ぼう」

「はい‼」

単純な私は、代表の言葉ひとつでやる気がみなぎった。

……が、このやる気が空回りしたのは言うまでもない。

「キャー！」

「あぁ！　小山さんってば、言ってるそばから！」

「すっ、すみませーん！」

再び箱の中身をぶちまけてしまったのだった。


「菜穂美、聞いたよー。また今日もやらかしたんだって？」

「……うん」

この日の昼休み。ビル一階にある飲食店街の一角で昼食をともにしているのは、同期の鮎沢紗枝《あゆさわさえ》。彼女は、主にクライアントから依頼されたホームページなどを作る、制作部に所属している。

身長百六十五センチと、女子としては長身。ショートカットに少しだけつり目で、よくきつい印象を持たれがちだけれど、実際の彼女は違う。

親しみやすい性格で、そして……大のアニメ好き。でも彼女がアニメ好きというのはトップシークレット。知っているのは、社内では私だけ。

「あー、見たかったなぁ。菜穂美がドジするところ。あんた、どうしてオフィスじゃなくて、受付なんかでやっちゃったのよ」

「どうしてって言われましても……」

これにはさすがに顔が引きつる。

入社して約三ヵ月。今日みたいにいろいろと失敗してきた私は、社内ではちょっぴり有名人になりつつある。

紗枝と所属部署が違うのに早くに仲良くなれたのは、彼女の好きなアニメのヒロインがドジッ子で、私に似ているからだ。もちろん容姿がじゃなく、そそっかしいところが、だけど。

紗枝はこんな私にもイライラすることなく、むしろ何か失態を犯すたびに嬉しそうにしている。

きっかけはどうであれ、社内で一番気心が知れているのは彼女だ。私の話もちゃんと聞いてくれるし、なんだかんだ言いつつ、面倒見がいいと思う。だからまぁ……こんな私と一緒にいてくれるのかもしれない。

注文したパスタランチセットが運ばれてきて、早速食べ始める。

少しして、紗枝は感慨深そうに話しだした。

「それにしても……本当、菜穂美がどうしてうちの会社に入社できたんだろう」

その言葉に、私は苦笑いしてしまう。

「それは私が一番思っているから」

こうやって実際に働き始めた今も、正直どうして採用してもらえたのかわからない。

「面接官のひとりは、あの完璧鉄人秘書の田中さんだったわけでしょ？　ますます謎だわー」

「もう、早く食べちゃわないと昼休み終わっちゃうよ」

事実とはいえ、聞かされているこっちはあまりいい気がしない。フォークにパスタを巻きつけ、パクパクと口に運んでいく。

「あ、そういえば知ってる？　また副社長の秘書、クビになったらしいよ」

「え……あれ？　先月入ったばっかりだったよね？　新しい人」

「うん。一ヵ月の命だったね」

我が社では代表、副社長にそれぞれ秘書がついている。

代表には創業当時から、田中さんという優秀な秘書がいるんだけど、副社長は違う。

といっても、私も紗枝も先輩から聞いた話だから本当かどうかはわからないけれど、副社長の就任当初から今まで、彼についてクビになった秘書は数知れず。現に私たちが入社してから、もうふたりも辞めている。

「まぁ、新入社員の私たちから見ても、副社長の秘書って大変だろうなって思っちゃうよね」

「……うん」

イケメンで仕事もデキるパーフェクトな人だけど、副社長は本当にニコリともしないのだ。淡々としていて必要以上のことを話さないらしいし、何を考えているか読めない。彼の秘書として仕事をすることを考えたら、息が詰まりそうだ。

けれど、彼の秘書になりたがっている女性社員はあとを絶たない。

秘書なら常にそばにいられるから、彼のファンなら『なりたい！』って思って当たり前なのかもしれないけれど、私はごめんだ。……まぁ、それ以前に私みたいな人間がなれるわけもないけど。

副社長のことをいろいろ考えていると、紗枝は急に身を乗り出し、どこか楽しそうに話しかけてきた。

「ねぇねぇ、どうして副社長があんな風になっちゃったか知ってる？」

「『どうして』って……どうして？」

気になり、私も身を乗り出す。

すると、紗枝は得意げに話し始めた。

「先輩から聞いた話なんだけどね。ほら、代表って、ところかまわず心の声をダダ漏《も》れさせちゃう時があるじゃない？」

「うん」

代表のそういうところに秘書の田中さんは手を焼いていて、ふたりの言い争う声がしょっちゅう聞こえる。

「社内を移動中に、副社長のことも何度か田中さんに愚痴《ぐち》っていたみたいで……」

紗枝はいったん周囲を警戒したあと、コソッと言った。

「実はさ、副社長って子供の頃はいーっつもニコニコ笑っていて、天使みたいな子だったらしいよ」

「……嘘《うそ》っ⁉」

あの副社長がいつもニコニコ？　ダメだ、想像できない。

「それが大きくなるにつれて、笑顔が消えていっちゃったみたいで、家でもあんな感じらしい。『どこで育て方を間違えたんだ⁉』って代表が嘆いていたとか。副社長って代表にも容赦ないみたいだし」

「そうなんだ」

感情的な代表とは違って、副社長は現実的でとにかく冷静沈着。だからなんとなくそんな場面も想像できちゃう。

「私の推測だけど、男の子って思春期はいろいろと敏感になるじゃない？　その時期も、今のように代表が副社長に接していたとしたら……？　冷めた人間になっちゃうと思わない？　正直、私も代表が家でもあのテンションだったら、相手にするの面倒臭くて、そっけない態度取っちゃいそう」

「……な、なるほど」

それは一理あるかもしれない。私は女だからよくわからないけど、中学や高校時代、クラスの男子は親をとても煙たがっていたから。

「そこで、玉の輿《こし》を狙うお姉様方は躍起になっているわけよ。『彼の冷たい心を溶かせるのは、自分だ！』って」

呆《あき》れ顔で話す紗枝に、乾いた笑い声が出てしまう。

でも紗枝の言う通り、副社長を狙う女性社員たちは彼と話すチャンスを常に窺《うかが》っている。それに、うちの会社には秘書課がなく、田中さんが適任だと判断した人が副社長の秘書に抜擢《ばってき》されているから、彼女たちはスキルアップを怠らない。

それは会社にとってはプラスになると思うけど……副社長を狙う先輩たちは、お互いギスギスしていて、仕事がやりづらいと感じる人もいるらしい。

「まぁ、私たちには関係ないけどね。……特に菜穂美には」

ニヤリと笑う紗枝。

そのセリフの意味は、容易に想像できる。

きっとあれでしょ？『あんたみたいなドジッ子が、秘書になんてなれるわけがない』ってことでしょ？

「どーせ私は、ダメダメ社員です」

「あ、私が言いたいこと、わかっちゃった？」

ふざけて可愛らしく舌を出す彼女が、ちょっぴり憎らしく思えた。

「わかるよ、普通に！　もういいから、早くご飯食べちゃおう」

「そうだね、昼休み終わっちゃう」

紗枝は腕時計を確認すると、半分以上残っているパスタを勢いよく食べ始めた。

自分で言って虚《むな》しくなるなんて世話ないけど、本当に私はダメダメだと思う。

こんな私には、副社長の性格がどうとか、秘書がどうとか関係ない。何より、同じ社内で働いているといっても、副社長と私は全く接点がなく、気軽に話せる相手ではないのだから。

それより、午後の仕事ではミスしないようにしよう。採用してもらえて、給料がもらえているんだもの。せめて人並みに仕事ができるようになりたい。

そんなことを考えながら、残りのパスタを食べ進めた。

任務その2『突然の辞令に従いましょう』

少しだけ肌寒い朝。寝相が悪い私は寝ている間に布団《ふとん》をはねのけていたようで、目覚まし時計が鳴る前に、寒さで目が覚めた。

「ん……もう朝?」

カーテンを開けると、梅雨らしくしとしとと雨が降っている。時計を見れば六時になろうとしていた。

「今日は雨……か」

梅雨なのだから雨の日が多いのは当たり前だけれど、昨日も一昨日《おととい》も雨だった。こう連日太陽を拝めていないと、ちょっと憂鬱《ゆううつ》になる。おまけに偏頭痛持ちだから頭が重い。

「薬飲んでいかないと……」

独り言を呟《つぶや》きながらも、着替え始めた。

「やだ、菜穂美。髪ボサボサよ」

「わかってるよ、食べ終わったら、ちゃんととかすから」

いつものようにお母さんが用意してくれた朝食を食べながら、ボーッとテレビのニュース番組を見ていると、お母さんは私の髪の毛を見て呆れぎみに言った。

「そんなこと言って、この前も時間がなくなった、って慌てて出たじゃない。のんびりテレビなんて見てないで、早く食べて身だしなみを整えなさい！」

あぁ、また始まってしまった。お母さんのうるさい小言が。

もちろん私のためを思って言ってくれているとわかってはいるものの、毎朝同じことを言われると、ちょっとありがたみも薄れてくる。

社会人になっても、いまだに実家で暮らしている私。本当は大学を卒業したらひとり暮らしをするつもりだったんだけど、私のことをよーく理解してくれている両親に、全力で止められたのだ。

『鍵を閉め忘れて、泥棒に入られそう』とか、『アパートを全焼させかねない』とか。

こんな私だし、心配してくれるのはわかるけれど、もう少し娘を信用してほしい。

とにかく、自立のためにもひとり暮らしをしたいと何度も両親を説得したところ、試用期間が終わり、正規雇用になってからなら……と渋々了承を得た。

住むところは実家からそう遠くない場所と決められてしまったけれど、念願のひとり暮らしが来月から始まる。七月に入って最初の連休に引っ越し予定だ。

引っ越し後の生活を想像しながらトーストを食べていると、ちょうどテレビで毎朝チェックしている占いコーナーが始まった。

えっと……今日の牡羊座《おひつじ》の運勢はどうなのかな？

ドキドキしながら見るものの、ランキングに一向に出てこない。これは、最下位か一位のどちらかだ。

そして、アナウンサーが最下位として読み上げたのは……嘘！　牡羊座⁉

まさかの事態に、頭の中でガーンという効果音が鳴り響く。

『今日の牡羊座は予定外のことばかりで、アタフタしてしまいそう。流れに身を任せてみてもいいかも』

そんな解説を聞きながら、ホットミルクが入ったコップに手を伸ばすと――。

「あ、わっ⁉」

テレビに夢中でよく見ていなかったせいで、コップを倒してしまい、テーブルの上にホットミルクが勢いよく広がっていく。

「あー、もう！　何やっているのよ」

「ごっ、ごめん……」

慌てて布巾《ふきん》で拭《ふ》くものの間に合わず、お母さんがタオルを持ってきてくれて、どうにかテーブルの下に垂れることは免れた。

「まったく！　本当にこの子は、毎日何かしらやらかすんだから。来月から研修期間が終わって正社員として働くっていうのに、大丈夫なの？　おまけにひとり暮らしだなんて……。お母さん、心配しすぎて倒れそうよ」

これには何も言えず、ひたすらテーブルを拭くことしかできなかった。

自宅の最寄り駅からふた駅先にある会社までは、徒歩と電車で約二十分。恵まれた通勤状況だと思う。中には通勤に一時間以上かかっている人もいるから。

いつも通り、九時の始業三十分前に会社の最寄り駅に着き、改札口を抜けて人の波に流されながら、オフィス街へと向かっていく。

そして会社が入っているビルの前まで来ると、一台の車がエントランス前で停まった。その車から降りてきたのは――。

わっ、副社長だ。

今日も相変わらずスーツをビシッと着こなしていて、髪型もばっちり決まっているけれど、近寄りがたいオーラが放たれている。

今のペースで歩いていたら、同じエレベーターに乗り合わせてしまいそうで、私は意識的に歩くスピードを緩める。

そうしているうちに、同じ車から代表が慌てて降りてきて、声を張り上げた。

「和幸！　ちょっと待ちなさい！　話はまだ終わってないぞ‼」

周囲の目が集まる中、代表は革靴を鳴らしながらズカズカと大股で進み、あっという間に副社長に追いついた。

けれど、副社長は足を止めることなく、エレベーターホールへと向かっていく。

「どういうことだ？　今日は社内コンペがあると伝えておいただろう？」

「はい、しっかりと」

「じゃあ、なぜクライアントと会う約束になっているんだ！」

サラリと答えた副社長に、怒りを露《あら》わにする代表。

つい気になってしまい、様子を見ながら歩を進め、エレベーターホールに辿り着く。

すると、副社長が感情の読めない表情で代表を見据《みす》えていた。

「答えは簡単ですよ。社内コンペよりも、大口のクライアントと会うほうを優先するべきですから。第一、代表がコンペに出席するなら、僕は必要ないかと思いますが？」

代表相手に淡々と自分の意見を述べる副社長に、聞いているこっちがヒヤヒヤする。

だって代表、怒りで身体がわなわなと震《ふる》えちゃっているし。

その場にいる全員がふたりの様子を見守っていると、代表は一度自分を落ち着かせるように大きく深呼吸をした。

「ふん、まぁいい。好きにしろ」

腕を組み、余裕ありげな笑みを浮かべる代表だけれど、副社長は至って冷静。「ありがとうございます」と小さく頭を下げた。

「でも、いいか？　父さんが怒っていることを忘れないことだな。そのうちお前をギャフンと言わせてやるから、待っていろ！」

とんだ捨てゼリフに、さすがの副社長も目が点になる。もちろん私も。

けれど代表は『決まった！』と思っているのか、得意げな顔をしている。

すると、さっきまでエレベーターを待ちながら様子を窺っていたうちのひとりが、我慢《がまん》できず「ブッ」と噴き出した。

あぁ……！　噴き出した人の気持ちは痛いほどわかるけれど、そこはこらえないと！　いや、でもイマドキ『ギャフンと言わせてやる』は……うん、さすがにウケてしまうかも。

口元に手を当てて私も笑いをこらえていると、副社長は呆れたように大きく肩を落とし、代表に冷めた目を向けた。

「何を言いだすかと思えば……くだらない」

「なっ……！　『くだらない』だと!?」

冷めた様子で言った副社長は、タイミングよく開いたエレベーターに乗り込んだ。

「こら和幸っ、待ちなさい！　父親に向かって『くだらない』とはなんだ、『くだらない』とは‼」

あとを追うように、代表もエレベーターに乗り込もうとしたけれど……。

「定員オーバーになってしまうんで、代表は次に乗ってください」

まだ人が乗れるスペースは十分あるのに、副社長は冷たく言うとドアを閉め、エレベーターはあっという間に上がっていく。

うわっ……！　さすがは副社長というべきか……。でもいくら肉親といえど、相手は会社の創業者。なのにあの態度ってどうなの？

取り残された代表は、怒りで声が出ないのか、エレベーターに向かって指を差している。

「副社長ってば、信じられない。どうしてあんなに冷たいんだろう」

つい本音がボソッと漏れてしまった。

「まったくです。どうしようもないですね」

「……っ⁉」

背後から突然聞こえてきた声に、心臓が飛び跳ねる。

振り返ると、そこに立っていたのは社長秘書の田中さん。いまだに指を差したまま固まっている代表を呆れ顔で見ている。

「代表がもっとしっかりしてくだされば、副社長も今とは違って、小山さんをはじめ、皆さんに冷たい印象を持たれなかったかもしれません」

ため息交じりに話す彼に、目を見開いてしまう。

だって田中さんも副社長に劣らないくらい……いや、むしろ彼こそ元祖パーフェクト人間。そんな彼でさえ、こんな風に愚痴をこぼしたりするんだと思うと、新鮮で不思議な感じがするから。

ついまじまじと田中さんを見ていると、いつの間にか代表がすぐそばに来ていて、私に向かって目を輝かせた。

「おぉ！　小山さん‼　おはよう。ちょうどよかった！」

「え……キャッ⁉」

さっきまであんなに怒りを露わにしていたのが嘘のように、代表は上機嫌で私の背中をグイグイ押してきた。

「エレベーターも来たことだし、早く行こう。君に大事な話があるんだ」

「えっ、大事な話って……？　あの！」

一方的に言われ、到着したエレベーターに押し込まれてしまった。

そして代表と田中さんも乗り込み、定員になると、ドアは閉じられて上昇していく。

何？　どういうこと⁉　どうして私、代表に連行されちゃっているわけ⁉

混乱している間に三十階に着き、代表に背中を押されて降りると、受付を通り過ぎてそのまま代表室へと向かっていく。

「田中、確かもらい物のクッキーがあったよな？　あれを出してくれ」

「かしこまりました。ご一緒に紅茶もお持ちいたします」

わけがわからぬままふたりとオフィスを通り過ぎると、社員たちが怪訝《けげん》そうに見てくる。

そうですよね、普通に見ちゃいますよね。私だって代表に連れられている現状が、不思議で仕方ないのだから。

感じる視線なんてなんのその。代表は気にする素振りも見せず、奥にある代表室へとまっすぐ向かうと、スマートにドアを開けてくれた。

「どうぞ」

「す、すみません……」

ニッコリ微笑まれて恐縮しながらも、初めて代表室に足を踏み入れた。

「今、田中が紅茶を淹《い》れているから、とりあえずソファに座って」

「……はい」

促されて、部屋の中央にある革張りのソファに腰を下ろした。予想以上にふかふかで、身体が深く沈む。

ここでやっと、少しだけ冷静になれた。流されるままにここまで来てしまったけれど……一体なぜ？

チラッと代表を見ると、デスクにあった書類に目を通している。その姿を見ながら、脳裏に浮かぶのは嫌な漢字二文字。

もっ、もしかして私……あまりにミスばかりしているから解雇される、とか？

あり得る話に、血の気がサッと引いていく。

あと少ししたら、新入社員は三ヵ月間の試用期間を終えて、正規雇用されるはずなんだけれど……。このタイミングといい、その前に代表から直々に解雇を言い渡されてしまうの⁉

先ほどとは違った緊張感に襲われる中、ドアをノックする音が聞こえた。

振り返るとトレーを持った田中さんが入ってきて、テーブルに紅茶とクッキーをスマートに並べていく。

書類を見終わった代表は、私と向かい合うかたちでソファに腰を下ろし、田中さんは代表の斜め後ろに立った。

柑橘《かんきつ》系の紅茶だろうか。甘酸《あまず》っぱい香りが鼻を掠《かす》める中、目の前に座る代表はニッコリ笑ったまま私を見ている。

笑顔がかえって怖い。

「代表、あと十五分ほどで始業時間となりますので、早めにお伝えください」

「あぁ、そうだったな」

おっ、お伝えください⁉　やっぱりクビ……⁉

不安が最高潮に達し、気づいたら叫ぶように言っていた。

「もっ、申し訳ありません！　仕事中ミスばかりで！　あの……でも、これからも精一杯頑張りますので、どうか解雇だけは……っ‼　こんな私を拾ってくれる会社は、もうほかに絶対ありません‼」

ガバッと頭を下げて懇願するように言ったものの、頭上からは戸惑《とまど》うような声が聞こえてきた。

「ん？　一体なんの話だ？」

「え？」

顔を上げると、代表は意味がわからないと言いたそうに首を傾《かし》げていた。

「ちっ、違うんですか？　私があまりにも仕事ができないので、辞めさせるわけじゃないんですか？」

恐る恐る尋ねると、代表は血相を変えて「そんなわけないだろう」と言った。

「誰が解雇などするか。あいつの秘書として、最高の適任者だというのに」

「……はい？」

とっ、とりあえず仕事を続けられるみたいでよかったけど……。なんか今、『秘書』とか『適任者』とか言ったよね？

今度は私が首を傾げていると、田中さんが耳を疑うようなことをそっとつけ足した。

「代表、順を追ってご説明されませんと。まずは辞令として、副社長の秘書に任命すると」

「あぁ、そうだったな」

え、ちょっと待って！

「ふっ、副社長の秘書⁉」

予想外の話に、思わず声をあげてしまった。

「代表、こちらを」

田中さんは、代表のデスクの上にあった一枚の書類を持ってくると、代表に渡した。

「ありがとう。……小山さん、突然で驚いたと思うが、君にはぜひ、和幸……副社長の秘書に就いてもらいたい」

そう言いながら代表がテーブルに置いたのは、辞令書。そこには私の名前と、七月一日付けで副社長秘書に任命する旨が書かれていた。

これ、何かの間違いだよね？　私が副社長の秘書だなんて。

信じられなくて、代表と辞令書を交互に見てしまう。

そんな私に、代表はクスッと笑った。

「悪いけど、冗談で辞令書を出したりしないから」

「で、ですが……っ！」

「私も面接時から、小山さんは副社長の秘書に適任だと思っておりました。なので、代表にお口添えを」

辞令が冗談じゃない？　面接時から適任だと思っていた？

田中さんの話に耳を疑う。だってこんなのドッキリとしか思えない。

戸惑いを隠せずにいると、代表は真剣な表情に切り替わり、話し始めた。

「小山さんの真面目な仕事ぶりは総務からも聞いているし、そんな君にだからこそお願いしたいんだ」

「はぁ……」

もちろん仕事には真摯《しんし》に取り組んできた。けれど、それは当たり前のこと。誰だってそうだと思うし、それだけの理由で私が副社長の秘書？

混乱する私に、代表は続ける。

「本当は入社後すぐに就いてもらいたかったんだが、まずは総務でノウハウを学ばせるべきだと田中に言われてな。四月は、まだあいつにほかの秘書がついていたし。まぁ、すぐ辞めてしまったが……」

それはもちろん、存じ上げております。

「最近では『スケジュールは自分で管理できるし、雑務もひとりでできる』と言い張って秘書をつけようとしない。まったく、誰に似てあんなに強情なんだか」

「代表にそっくりだと思いますが」

すかさずボソッと呟いた田中さんにギョッとするも、どうやら代表の耳には届いていなかったようだ。

「ん？　何か言ったか？」

「本題に戻られたらどうかと」

さっきとは違うことを平然と言う田中さんに、目を白黒させてしまう。

え、田中さんってそういうキャラだったの？　今、『代表にそっくり』って言ったよね？

意外な彼の一面に、ただ驚かされる。

「おっと、そうだったな」

そんな田中さんに気づいていない代表は大きく咳払いをし、真剣な面持ちで私を見据えた。

「あいつには、真面目で一生懸命な君のような人が必要なんだ。どうだろう、この話を引き受けてくれないか？」

そう言われても困る。そもそもそれだけの理由で、なぜ私に声がかかったの？　ふたりは知らないのだろうか。私の普段の仕事ぶりを。

私をじっと見つめる代表に、恐る恐る聞いた。

「あ、あの……！　代表も田中さんもご存じですよね？　その……私のことをいろいろと」

　さすがに『仕事中にミスを連発している』とは言えず言葉を濁すと、ふたりは顔を見合わせ、再び私と向き合った。

「もちろん知っている。だからこそお願いしたいんだ」

　だからこそ……？　それってどういうこと？

　頭はますますパニック状態。私は意を決して尋ねた。

「それはどういう意味でしょうか？　とてもじゃないですけど、私にあの完璧な副社長の秘書が務まるとは思えないのですが。……こんなことを言うのもあれですけど、私、間違いなく何かやらかしてしまうと思いますし……」

　最後のほうは小声になってしまった。

　けれど代表の耳にはしっかり届いたようで、彼はなぜかニッコリ微笑んだ。

「大丈夫、むしろ何かやらかしてくれたほうが助かるよ」

「……へ？」

　代表相手にもかかわらず、さすがにこれには間抜けな声を出してしまった。

　何それ、やらかしたほうがいいって……？

　呆然としていると、微笑んでいる代表に田中さんが言った。

「代表、小山さんに大変失礼ですよ」

「そっ、そうだな！　すまない」

謝る代表に、慌てて手を左右に振った。

「いいえ、そんな！　ただ、その……どうして私が副社長の秘書として適任なのか、しっかりお話ししていただけませんか？　恐れ多いのですが……」

本音を吐露《とろ》すると、代表は言葉を選びながら慎重に話してくれた。

「さっきも言った通りだよ。確かにちょっと失敗することもあると報告は受けているが、人一倍真面目で一生懸命取り組んでいるとも聞いている。それは、僕の目から見ても伝わってくる。……オフィスで見かけるたびに、いつも懸命に業務に当たってくれていると」

「代表……」

びっくりだ。まさか、代表にそんなことを言ってもらえるなんて……。どうしよう、嬉しくてたまらない。

今まで頑張ろうと思えば思うほど空回りして、周囲に迷惑をかけてばかりだった。私の努力なんて誰も認めてくれなくて、むしろ『余計なことして』って小言を言われてきたくらいなのに……。

ジンと感動していると、田中さんも代表に続いた。

「私の目から見ても同感です。それに何より面接時、小山さんからはとても情熱を感じられました。……転倒されてしまったのも、緊張からだったのでしょう」

あの日のことを思い出したのか、珍しく田中さんはクスッと笑った。

「お、田中が笑うなんてよっぽどだな。う～ん……俺も面接官として出ていればよかった」

笑顔の田中さんと本気で悔しがる代表に、いたたまれなくなる。

これはえっと……喜ぶべきか、恥ずべきか。

「おっと、すまない。また話が逸《そ》れてしまったね。……そんな小山さんだからこそお願いしたいんだ。なんせあいつは血が通っていないんじゃないかっていうほど、冷たいヤツだからね」

オーバーに両手で腕をさする代表を前に、返答に困ってしまう。

「小山さんも普段のあいつを見ていて、イライラしないか？　すました顔をして抑揚のない声で必要なことしか話さない。おまけに、誰に対してもニコリともしない！　父親である俺に対しても、散々な態度ときたものだ！　まったく、誰のおかげであそこまで大きくなれたと思っているんだ」

いつの間にか、話が代表の愚痴になり、何も言えなくなる。

するとすかさず田中さんがアシストした。

「現にクライアントからも、『仕事は完璧だし、納期も落とさない。だけど愛想《あいそ》がなさすぎる』と心配されているんです。設立当初からお付き合いのあるクライアントからは、特に」

「ふん、当たり前だ。俺が誠意を持って対応し、契約を取ってきたんだからな。それをあいつはわかっていない。ビジネス相手は所詮、ビジネスだけの付き合いだと割り切っている。信頼関係を深めるには、仕事以外の話をすることも大事なのに」

ムスッとした顔で、再び副社長のことをぼやきだした代表。

私にはすべてを理解することはできないけれど、なんとなくふたりの言いたいことはわかる。

もしかしたら副社長はクライアントや取引先に対しても、いつものような対応をしてしまっているのかもしれない。

確かに、あんな冷めた顔で淡々と話されては、ちょっといい気分しないよね。人懐こい代表の人柄を知っているなら、なおさら。

「事情はわかりましたが、私が秘書になったところで、何ひとつ変わらないと思うのですが……」

真面目に取り組んでいたところを買ってくれたのはありがたいけど、情熱だけで務まるような仕事ではないし……。むしろ私が秘書になったら、副社長にイライラされて、ますます悪い方向へと進んでしまうような気がする。

「そっ、そんなことはない！ 小山さんは、今まであいつについていた秘書とは違ったタイプだから、きっと新しい風が吹く。それに、君の一生懸命なところを見せられたら、あいつの冷めた心も何か変わるだろう！」

なぜか焦《あせ》った様子の代表。心なしか、声も上ずっている。

「副社長は小山さんのようなタイプの女性とは、今まで関わってきませんでしたので、必ずいい刺激になるかと」

「そうそう！ だから気負うことなく、今のままの君で勤務に当たってほしいんだ。欲を言えば、ぜひともあいつを振り回して、あいつが慌てふためく姿を見せてほしい」

最後にニヤリと笑いながら言った代表に、ある疑念が湧く。

ちょっと待って。まさか、それが本音……？

「代表の戯言《ざれごと》はお気になさらず。私は、小山さんは副社長の秘書として最高の人材だと思っておりますので、どうかお引き受けくださると嬉しいです」

「田中さん……」

彼の言うことは、なぜか素直に信じられる。それはキャラ的に、我が社では失礼ながら代表より、田中さんに対する信頼のほうが大きいから。

常に冷静で仕事は完璧。そこは副社長と同じかもしれないけれど、田中さんは彼とは違って、さりげなく社員を気遣ってくれたり、労《ねぎら》いの言葉をかけてくれたりする。

そんな田中さんに『副社長の秘書として最高の人材だ』なんて言われて嬉しくないわけがないけれど、すぐに『やります』なんて言えない。話の展開が速すぎて、頭が追いつかないもの。

「あの……少し考えさせていただいても、よろしいでしょうか?」

田中さんは私の気持ちを察してくれたらしく、大きく頷いた。

「はい、今日のお返事でなくても結構です」

「そうだな、急な話だったしな。ただし、辞令通り予定では七月一日付けで……と思っている」

「七月一日……」

もうそんなに日がないじゃない。

「急なお話で申し訳ありません。いろいろと事情がありまして、お話しするのが遅くなってしまいました。もし何かお聞きになりたいこと、不安に思うことなどございましたら、遠慮なくお声かけください」

「それがいい。田中は秘書として、プロ中のプロだからな」

「ガハハッ」と笑う代表に、田中さんがポツリと「あなたのおかげで」と呟いたのを私は聞き逃さなかった。ふたりの関係が少しだけ垣間見えた気がする。

ちょうど始業を知らせるチャイムが鳴り、田中さんにオフィスまで送り届けてもらった。


「ちょっとちょっと、何よ、その急展開は！　話についていけないんですけど」

「大丈夫。私もだから」

この日、昼休みが始まると同時に紗枝が総務部にやってきて、私の予定も聞かずに連れて来られたのは、一階にある飲食店街。ゆっくり話ができるようにと、個室のある和食料理店に来ていた。

もちろん紗枝が私を連行したのは、朝の始業前のことを聞くため。

私が代表や田中さんと一緒にいるところや、代表室に入っていったところはばっちり社員に見られており、瞬《また》く間に『何があった⁉』と話が広まったようだ。

それは午前中、ヒシヒシと伝わってきた。先輩たちの私を見る目がいつもと違っていて、何か聞きたそうにしていたから。

ちょうど注文した海鮮丼が運ばれてきて、数口食べたところで紗枝がしみじみ話しだした。

「いやぁ……私はてっきり正規雇用前に、クビを言い渡されたんじゃないかと」

「アハハ……正直私も」

「やっぱり？　先輩たちも、み～んな同じこと言ってたよ」

パクパクと食べ進めながらあっけらかんと話されたけれど、ちょっとショックだ。

「それにほら、わざわざ田中さんがオフィスまで送り届けてくれたんでしょ？　そりゃ、クビを言い渡されてショックを受けている菜穂美を心配しての行動だ、って皆勘《かん》ぐるわな」

あれ？　じゃあ総務部の先輩たちが何か聞きたそうにしていたのは、そのことだったのかな？　言われてみれば、憐《あわれ》みの眼差《まなざ》しが向けられていた気がする。

グルグルと考えを巡らせていると、箸《はし》はすっかり止まってしまい、いったん水で喉を潤《うるお》す。

紗枝は、少しだけ前屈《かが》みになって聞いてきた。

「──で、本題に入るけどさ。どうしてすぐに『やります』って言わなかったわけ？」

「え、そんなの当たり前じゃない！　あの冷徹副社長の秘書だよ」

紗枝ってば、何を言いだすかと思えば……！

彼女はさらに身を乗り出し、私との距離を縮めた。

「そこは受けてよ！　だって最高のシチュエーションじゃない！　完璧副社長とドジッ子秘書なんて、考えただけで……いい!!」

恍惚《こうこつ》とした表情で遠くを見つめる紗枝に、開いた口が塞《ふさ》がらない。

そうだった、紗枝はこういう人だった。アニメ、さらには恋愛ゲームが大好きなんだよね。

「私が今ハマッているゲームでもさ、同じようなシチュエーションのものがあって、これがなかなか面白いのよ。ヒーローはドジッ子秘書に振り回されながらも、惹かれていっちゃうの。最高だと思わない？」

「思わないよー。っていうか振り回されて好きになるとか、あり得なくない？」

笑いながら言うと、紗枝は目くじらを立てて反論してきた。

「あり得るのがゲームなんでしょうが！　あんたは乙女の夢をわかってない!!　最高に胸キュンものじゃない？　何かやらかしても、『仕方ないな』なんてちょっと呆れ顔でフォローしてくれるのよ？　さりげなく助けてくれたりするし、本当にカッコいいんだから。前から言っているけど、菜穂美も一回やってみなさいよ‼　……二次元に逃げるのもアリだと思う」

最後にポツリと呟かれた『逃げる』という言葉に、苦い記憶が頭をよぎった。紗枝とはまだ出会って三ヵ月弱だけれど、お互いいろいろな話をしてきた。紗枝と出会う前の話も――。

体勢を戻し、海鮮丼を食べ進める彼女を前に、コップを手にしたまま昔のことを振り返る。

わかってる。いつまでも過去を引きずったままじゃいけないって。前向きにならないとダメだって。けれど、どうしても忘れられない。あのつらい出来事を。

私の様子を見て何かを察したらしい紗枝は、箸を休め、慌てて話しだした。

「とっ、とにかく！　私はいいと思うけどな。スキルアップにもなるだろうし、何より菜穂美に声がかかったこと自体、奇跡としか言いようがないでしょ？　チャンスはものにしないと！」

「そう言われても……」

確かに私みたいな人間が依頼されるなんて、奇跡だと思う。でも理由は今ひとつピンとこず、だからこそよく考えないといけないと思う。

「第一、副社長が私みたいな人間を認めると思う？　紗枝だったらどうよ」

するとと紗枝は即答した。

「すぐクビにするかな」

答えなんて予想できていたけれど、ニッコリ笑って言われると、ガックリ肩を落としてしまう。

「でしょ？　……やっぱり断ったほうがいいかな。まだ副社長の耳には入っていなそうだし」

刺身を口に運んでいると、紗枝は不思議そうに尋ねてきた。

「え、副社長はまだ知らないの？」

「本当は私に話したあと、伝えようとしたらしいんだけど、副社長は出社後、書類だけチェックして出ちゃったあとで。……来月まで戻ってこないみたい」

関西でクライアントと会うついでに、大阪支社に顔を出したり、挨拶回りをしたりするそうだ。代表に話したらうるさく言われると思ったのか、私が代表室にいる間に伝言だけ託して、会社を出てしまったらしい。

当然、代表は怒り心頭。始業時間を迎えても、しばらく代表室から副社長に対する罵声《ばせい》が響き渡っていた。

「でもさ、副社長が反対したとしても決定権は経営者である代表にあるわけだし、文句言えないいんじゃない？　ひとまず就任させてくれるだろうし、あとは菜穂美の腕の見せどころでしょ！」

「いや……私がやる気を出したら絶対変に空回りしちゃって、すぐに副社長に『クビ』って言われちゃうと思うんだけど」

「……それは、まぁ」

言葉を濁す紗枝に、乾いた笑い声が出る。

「今までの人たちだって、一応副社長の秘書に就いたけれど、あっという間に辞めさせられてきたじゃない？　私もそのパターンだよ」

代表や田中さんに褒《ほ》められたのは素直に嬉しいけれど、引き受ける意味ってあるのかな？

「今だって社内ではちょっとした有名人なのに、副社長の秘書期間、最短記録保持者になっちゃったら、ますます社内で目立っちゃうじゃない」

「アハハッ！　やだ菜穂美ってば面白い～」

「面白くないから！」

ツボに入ったようで、ゲラゲラと笑いだした紗枝に、思わずツッコんでしまった。

しばらくして、紗枝は心を落ち着かせるように「ふぅ」と息を吐き、私と再び向き合う。

「たとえそうなったとしても、いいじゃん！　大事なのは、チャレンジすることじゃないの？　確かに、菜穂美はよくやる気が裏目に出ちゃう。でも、誰に対しても好意的に接するし、一生懸命でしょ？　秘書に向いていると思うけど。さすがは田中さん、人を見る目あると思うよ」

「紗枝……」

友達からの最高の褒め言葉に、胸が熱くなる。

「だからさ、前向きに考えてみたら？　あんたは入社以来、散々やらかしてきたんだから、今さらひとつやふたつ失敗したって、誰も驚いたりしないって！」

「ちょっと！」

ゲラゲラ笑いながら言ってきた紗枝に、さっきの感動を返してほしいと思う。

でも嬉しかったから、単純な私は『ちょっと前向きに考えてみようかな』と思ってしまった。

言葉にして伝えるのはなんだか癪《しゃく》で、心の中でそっと『ありがとう』と伝えた。

「うわぁ……秘書ってこんな仕事までするんだ」

その日の夜、帰りに寄った本屋で思わず衝動買いしたのは、秘書の仕事内容を、漫画を織り交ぜながらわかりやすく解説している本。

夕食やお風呂を済《す》ませ、早速目を通しているものの、思っていた以上に大変そうだった。スケジュール管理はもちろん、電話・メール・来客の対応、出張・会食・手土産の手配、経費精算、会議招集から資料作成……。

私には到底、勤め上げられる自信はない。

「でも、やりがいはある……よね」

秘書としてつく相手が副社長っていうのが微妙だけど、それ以上にやってみたい気持ちのほうが大きくなってきた。

「どうせすぐクビになるなら、紗枝の言う通り、とことんやってみようかな」

こんなチャンスは二度とないだろうし、何より代表や田中さんの期待に応えたい、頑張りたいって思うから。

ふと頭に浮かんだのは、毎朝チェックしている占い。『今日の牡羊座は予定外のことばかりで、アタフタしてしまいそう。流れに身を任せてみてもいいかも』

うん……確かに当たっているから、アドバイスに従ってみようかな。だって私の今までの人生、かなり崖っぷちだったもの。ちょっとやそっとのことじゃ、動じない自信はある。

不安はあるけれど、明日田中さんに『お願いします』と伝えよう。

そう心に決め、この日は早めに就寝した。

任務その3『まずは冷たくて意地悪な副社長に慣れましょう』

いつもより一時間早く起床し、鏡の前で気合いを入れるように、ブラウスのリボンをギュッと結ぶ。そして鏡に映る自分と見つめ合い、深く頷いた。

「……よし、行こう！」

今日から七月。異動初日だ。

副社長の秘書を引き受けたいと伝えると、代表は小躍りして喜び、田中さんも少しだけ口角を上げて安心したように微笑んだ。

そんなふたりの姿を見られただけで、決断してよかったと思う。

それから数日間、田中さんから秘書の仕事について、みっちりご指導いただいた。今後も引き続き、フォローしてくれると言ってくれたから、少しだけ心がまえができて、不安より楽しみや頑張ろうって気持ちのほうが大きい。

でも、気がかりなことがひとつある。というのは、私が秘書に就くことを副社長が知るのは、今日これからということ。

出張中の副社長に、田中さんが電話で伝えようとしたものの、代表がそれを全力で阻止したのだ。ニヤリと笑い、『驚かせよう』と。

だから副社長は今日、代表にいつもより早く来るように言われ、何も知らずに出勤してくる。

その時間に合わせて、私も早く出勤するのだ。

「菜穂美、大丈夫？　初日からまた失敗して、クビにならないでしょうね？」

身支度を整えてリビングへ向かうと、朝食の準備をしてくれていたお母さんが、心配そうに駆け寄ってきた。

秘書に任命されたことを伝えた時も、喜んでくれるかと思ったら両親は顔を見合わせ、『ドッキリじゃなくて？』とか、『大丈夫？』なんて言ってきたのだ。私のことをよく知っているからこそ、何かやらかさないかと心配らしい。

「大丈夫だって！　少しは娘のことを信じてよね」

食卓に着き、お母さんが用意してくれた食事を口に運んでいく。

「そうはいっても、あんただからこそ心配しちゃうんでしょ？　お父さんも気が気じゃないって言いながら出勤していったのよ」

頬に手を当てて、オロオロするお母さん。どうやらお父さんは今日早出らしく、もうすでに出勤したようだ。

「とにかく、あんたは肩に力を入れると必ず空回りするから、そうならないよう気をつけなさいよ」

相変わらず小言を並べるお母さんに、せっかくの異動初日だというのに気分が重くなる。急いで朝ご飯を口に運び、最後にコーヒーを飲み干して席を立った。

「ごちそうさまでした」

食器を流し台に運び、そそくさと洗面台へと逃げ込む。ため息をひとつ漏らし、歯磨きを済ませて髪を後ろでひとつにまとめてクリップでとめた。

「気をつけてね」

玄関先まで見送りに来てくれたお母さん。週末に買った真新しい少しヒールのあるパンプスを屈んで履いていると、お母さんがギョッとして声をあげた。

「ちょっとやだ、菜穂美、ストッキング！」

「え？」

お母さんに言われて、はいているストッキングを見ると、なんと伝線していた。

「げ、嘘でしょ⁉」

どうしてこのタイミングで破れてしまうかな。

「早く着替えてきなさい」

「それが入社してから何度も伝線させていて、ちょうど替えがなくなったところなの。だからコンビニで買うよ。行ってきます」

「遅刻しないようにね！」

心配するお母さんに見送られ、家を出た。けれどすぐに立ち止まり、朝から深いため息がこぼれた。

「朝からついていない。……なんか不吉」

嫌な予感がしつつも、急いでコンビニに寄ってはき替え、会社へと向かった。


出勤時間が一時間も早いと、オフィスはガランと静まり返っている。薄暗くて、いつもとは違う場所のようだ。

自分の足音だけが異様に響く中、歩を進めていくと、急に代表室から大きな声が聞こえてきた。

「そんな話は聞いていませんが！」

怒っているような声色は、副社長のものだ。

ヤバい、コンビニに寄っていたせいで遅くなってしまった。慌てて代表室へと向かったけれど、次に聞こえてきた声に足が止まる。

「僕に秘書は必要ないと散々言っていますよね？　しかも、よりによってどうして彼女を……！」

いつになく声を荒らげる副社長の言葉に、ズキッと胸が痛む。

『よりによってどうして彼女を』ってことは、やっぱり副社長にも知られちゃっていたんだ、私の仕事ぶりを。だからこそ、私が秘書だなんてあり得ないってことだよね。

最初から覚悟はしていた。副社長にはすぐクビを言い渡されちゃうかもしれないって。それでも実際に副社長の口から聞くと、ショックを隠し切れない。もしかしたら秘書としての仕事をやらせてもらえることなく、クビになってしまうかも。

落ち込むばかりで代表室のドアに手をつき、頭をコツンとくっつけた時、急にドアが開いた。

「キャッ⁉」

すっかり身体を預けてしまっていたものだから、内開きのドアが動いた瞬間、支えをなくした身体はバランスを崩す。そのままドアを開けた田中さんを巻き込んで、前に倒れてしまった。

けれど彼をクッションにしてしまったせいか、それほど痛みはない。

「すっ、すみませんでした！　大丈夫ですか⁉」

すぐに田中さんから離れると、彼は何事もなかったかのようにすぐに立ち上がり、大きな手を差し伸べてくれた。

「私なら大丈夫です。急にドアを開けてしまい、申し訳ありませんでした」

「そんなっ……！　謝るのは私のほうです！」

大きな声で否定した私に、田中さんはクスリと笑う。そして「失礼します」と言うと、私の腕を取り、立ち上がらせてくれた。

「ありがとうございます」とお礼を言ったところで、やっと冷静になる。

突然開いたドアに、頭の中が真っ白になってしまっていたけれど……。

恐る恐る田中さんの向こうに目をやると、代表と副社長がこちらを見て目をパチクリさせていた。

どっ、どうしたらいい？　この状況……！　私、完全に盗み聞きしていたと思われてない!?　いや、実際そうなんだけど、でも……！

ひとりあわあわしていると、田中さんが私の足元を見た。

「小山さん、ストッキングが……」

「え？」

足元に視線を落とすと、ストッキングに大きな穴が空《あ》いて、両足の膝《ひざ》が丸出しになっていた。

「嘘っ、また⁉　さっきも破れて、コンビニで買ったばかりなのに……！」

思わず声に出すと、代表がこらえ切れなくなったようにプッと噴き出し、大声で笑いだした。

「アハハハッ！　ダメだ、朝から腹がっ……！」

よほどツボにハマッたのか、代表はお腹を抱えているし、田中さんまで後ろを向いて笑いをこらえている様子。

コケるし、今日だけでストッキングを二回もダメにしちゃったし、笑われるのも当然だけれど、なんだか恥ずかしくていたたまれない気持ちになる。

おまけに副社長は呆れているのか、私に背を向けたまま。

そんな私に田中さんは咳払いをしたあと、耳を疑うようなことを言った。

「急いで替えをご用意いたします」

え？　『ご用意』って、もしかして……！

ギョッとしている間に、田中さんはスタスタと代表室を出ていく。

もしかして、もしかしなくても、田中さん買いに行くつもりですよね⁉

「あ……っ！」

さすがにそれは恐れ多くて、すぐにあとを追いかけようとしたけれど、すぐに代表に止められた。

「今から追いかけても、間に合わないと思うぞ。田中、歩くの速いから。それとさっきは笑ってしまい、すまなかった。あまりに小山さんが愉快な人で、つい……」

そう言いながらも、思い出し笑いをし始める代表に、私の顔が引きつる。

けれど代表はすぐに咳払いをし、私に部屋の奥に来るよう手招きしてきた。

「小山さん、どうぞこちらへ」

「あ……えっと、はい」

一瞬躊躇《ちゅうちょ》してしまったものの、自分を奮い立たせてゆっくりと歩を進めていく。

「……失礼します」

副社長の近くで足を止める。彼とは普段、すれ違いざまに挨拶を交わすだけなのに、わずか三十センチの距離にいるのかと思うと、変な緊張感に襲われ、身体が強張る。

そんな中、代表は私と副社長を交互に見ると、満足げに微笑みながら何度も頷いた。

「うんうん、いいじゃないか。こうやってふたり並ぶと、お似合いだ」

「え？」

「は？」

おっ、お似合い……？　私と副社長が⁉

副社長と声がハモると、恐れ多いことを言いだした代表はすかさず「息もぴったりだ」なんて言って、いつものように「ガハハ」と笑う。

ちょっと待ってください、代表！　冗談がすぎますよ、なんてことを言うんですか！

さっきの副社長の物言いからして、彼は私のことをよく思っていないはず。それなのに私とお似合いだなんて言われちゃったら、彼はどう思うか……。

いまだに笑い続けている代表を尻目に、ビクビクしながらも副社長をチラッと盗み見ると、案の定、彼は代表に鋭い眼差しを向けていた。

やっ、やっぱりそうなりますよね……！　一体、どうしたらいいの？

途方に暮れる中、声をあげたのは副社長だった。

「代表、いい加減、笑うのをやめていただけませんか？」

冷ややかな声で言われた途端、ムッとする代表に、副社長は続ける。

「どうせ僕が何を言っても、『決定権は俺にある』と譲らないと思いますので、彼女が僕の秘書になる件に関しましては了承します」

……え、『了承する』って……それは、ひとまず副社長の秘書として頑張らせてくれるってこと？

パッと心が浮上したのも束の間、副社長はすぐに私の気持ちを叩き落とすようなことを言った。

「ですが、僕は今までの仕事のスタイルを変えるつもりはありませんから。……これまでのように、彼女からも辞めたいとすぐに言われると思いますがね」

これまでのように？　辞めたいと言われる、って……？

意味深な言葉に思わず副社長を見ると、彼もまた私を見ていて視線がかち合う。

その目は冷たくて、何を考えているのか読み取ることはできない。まじまじと見つめていると、フッと彼に目を逸らされてしまった。

「彼女に、仕事のことを軽くお話ししておいてください。僕にはそんな時間はありませんので。そのあと、こちらへ寄越してくだされば結構ですから」

うっ……！　やっぱり冷たい。

きっぱり言うと副社長は踵《きびす》を返し、ドアのほうへとスタスタと向かっていく。

「あ、こら和幸！　なんだ、その言い方は‼　小山さんに失礼だと思わないのか！」

すかさず代表がフォローしてくれたけれど、副社長はまるで聞こえていないかのように出ていってしまった。

「まったく、あいつは……！」

副社長が出ていったドアに向かって、ブツブツ文句を言う代表。その様子をしばらく眺めていると、私の視線に気づいた代表が苦笑いした。

「すまないね、あんなバカ息子で」

「いいえ、そんな」

つられるように作り笑いを浮かべると、代表は深いため息を漏らした。

「あいつの秘書を引き受けてくれてありがたいよ。……さっき和幸が言っていた、秘書たちにすぐに辞めたいと言われる、というのは本当なんだ」

……信じられない。だって噂《うわさ》で聞いていた話とは違うから。秘書が目まぐるしく代わっていたのは、副社長がクビにしていたからじゃないの？

疑問に思っていると、代表は困ったように眉を中央に寄せた。

「社員の間ではあいつがクビにしていると噂になっているようだが、実際は違う。和幸の秘書をやっていく自信がないと言って、自ら異動願を出しているんだ」

「そう……だったんですか」

意外な事実に驚きを隠せない。

「小山さんもすでに知っているかと思うが、あいつはとにかくなんでも完璧にやらないと気が済まない性質《たち》でね。仕事に関しては容赦ない。自分にも他人にも。……だからこそ、その、まぁ……あまりの厳しさに耐え切れなくなって、皆辞めていると言ったほうが正しいかな……」

代表の引きつった笑顔に、作り笑いさえできなくなる。

それにしても、皆副社長の秘書に就きたくて、火花をバチバチ散らしているというのに、自ら辞めたがるってことは、ちょっと……いや、かなりハードでつらいってことだよね？

そこに考えが行き着くと、血の気がサッと引いていく。

私が知っている限り、副社長の秘書だった先輩たちは、皆優秀だった。そんな先輩たちがギブアップするほどの仕事に、私みたいなペーペーで、おまけにドジばかりしている人間に務まるのだろうか？

不安が一気に押し寄せ、途方に暮れていると、ストッキングを買いに行ってくれていた田中さんの声が背後から聞こえてきた。

「代表、なぜそのように小山さんの不安を煽《あお》るような言い方をなさるんですか」

振り返ると、呆れ顔の田中さんがこちらに歩み寄ってくる。

「むっ……！　べっ、別に不安を煽っているわけではない。和幸のことをしっかり知ってほしいからこそ、包み隠さず話したまでだ」

　ムキになって話す代表に、田中さんは大きなため息を漏らした。そして手にしていたコンビニの袋を私に差し出した。

「今、はいているのと同じような物を買ってきたのですが、いかがでしょうか？」

『いかがでしょう』も何も、買ってきていただいて申し訳ない！

　慌てて頭を下げた。

「すみません！　もうなんでも結構です‼　あ、お金っ……」

「お気になさらずに。それよりも、早めにお着替えされたほうがよろしいかと。確か本日は副社長、外出の予定が入っていたと思いますので」

「えっ！　本当ですか⁉」

　ギョッとする私。

　代表は立ち上がり、こちらに歩み寄ってきた。

「あいつは自分ひとりで動いたほうが早いと思っているから、すぐ単独行動してしまうんだ」

　私の目の前まで来ると、代表は人差し指を立てて力説した。

「そのせいで取引先や制作部との連携がうまくいかず、現場が混乱することがある。

だから小山さん、君の秘書としての仕事はただひとつ。あいつがひとりで突《っ》っ走らないように、何がなんでもあいつのそばを離れないでやってくれ」

『あいつのそばを離れないでやってくれ』だなんて、ちょっと意味深なセリフにドキッとしてしまう。でも、大丈夫。深い意味はないと、ちゃんと理解できているから。

「わかりました。精一杯、頑張らせていただきます！」

いろいろと衝撃が大きすぎて頭がパンク状態だけど、代表や田中さんの期待には応えたい。それに今までの秘書が副社長からクビにされたわけじゃないのなら、私が頑張れば続けさせてもらえるかも。

ちょっぴり希望の光が見えてきて、やる気がみなぎる。

だったら最大限、自分にできることをまっとうするのみ‼

「小山さんっ……！」

変に気合い充分な私を前に、目をウルウルさせて歓喜する代表。

「では小山さん、早速ですが、お着替えをされたら副社長室へご案内いたします」

「はい、よろしくお願いします！」

化粧室で急いでストッキングをはき替え、田中さんのあとを追って副社長室に足を踏み入れた。

ドアの先にはまず副社長秘書室があり、八畳ほどのスペースの左側にはデスクとファイルがたくさん並べられている棚、右側には給湯室。正面の壁の右側に副社長室に繋《つな》がるドアが見える。

「ここが小山さんの仕事スペースとなります。デスクは好きに使ってください」

「はっ、はい……！」

次に案内されたのは給湯室。

代表室と同じ造りのようで、使い方などを説明してくれた。

「何かわからないことや困ったことなどございましたら、その都度《つど》お聞きくださいl」

「わかりました」

とはいうものの、必死になぐり書きしたメモを読み返しても、不安ばかり。

そんな私の心情を感じ取ったのか、田中さんは私を落ち着かせるように優しい声色で言った。

「大丈夫ですよ、落ち着いてください。しっかり研修しましたし、自信を持って業務に当たってください」

「田中さん……」

微笑む彼の姿に、単純な私はやればできるような気持ちになる。

「では、私も業務に戻りますので失礼します。あとは副社長の指示に従ってください」

「はい、ありがとうございました」

田中さんを見送り、大きく深呼吸をして、向かう先は副社長室。このドアの先に彼がいるかと思うと、生唾をゴクリと飲み込んでしまう。

いやいや、これから秘書として働くんだから、副社長に早く慣れないと‼

両手の拳《こぶし》をギュッと握りしめて気合いを入れ、三回ノックすると「入れ」という声が聞こえてきた。彼のたったひと言だけで背筋が伸びる。

「しっ、失礼します」

恐る恐るドアを開けると、部屋の中央に応接テーブルがあり、副社長はその奥のデスクに片肘《かたひじ》をついて、書類をチェックしているところだった。

うわぁ……〝近づくなオーラ〟をものすごく放たれている気がするのは私だけ？

でも指示を聞かないといけないし。

ドアを開けたままウジウジ悩んでいると、副社長は書類に目を向けたまま言った。

「そこにいつまでも立っていられたら、仕事の指示ができないんだけど」

「すみません！」

慌ててドアを閉め、副社長の前まで行くと、彼はやっと顔を上げて私を見据えた。

目が合っただけなのに、ドキッとしたのは、やっぱり彼がカッコいいから。

まるで吸い込まれそうになるほど綺麗《きれい》な瞳を見つめていると、彼は怪訝そうに顔を歪《ゆが》めた。

「おい、そのしまりのない顔……来客には見せるなよ」

「……えっ⁉」

慌てて表情を引きしめるも、先ほどの彼のセリフが頭の中で繰り返される。

副社長、さっき『しまりのない顔』とか言ったよね？　失礼な‼

キリッとした表情を作り、彼を見ると、副社長は淡々とした口調で言った。

「俺はこれから出かけるから」

「では、私も」

代表から同行するように言われたし。

田中さんに教えてもらった、車の手配などのマニュアルを思い出していると、副社長から思いがけない言葉が飛び出た。

「いや、俺ひとりで行くからいい」

「え……でも」

戸惑う私を尻目に彼は立ち上がり、外出する準備を進めていく。

「お前が来たって邪魔になるだけだ。第一、俺が請け負っているクライアントなど、何も把握していないよな？」

そう言うと、副社長はデスクにあった一冊の分厚いファイルを差し出した。

「えっと……これは？」

首を傾げる私に、彼はやっぱり無表情で言った。

「俺が担当している取引先のデータ。それと、担当者の名刺も一緒にファイルしてある。秘書の仕事はもちろん、これをすべて覚えるまでは同行させるつもりはないから」

「これを全部ですかっ⁉」

乱暴に渡されたファイルと副社長を、交互に見てしまう。

ずっしり重くて、ページ数もハンパない。こんなのすぐに覚えられるわけがない。そもそも、時間をかけたところで全部覚えられるのか？　私に。

ファイルを抱えたまま変な汗が流れそうになると、副社長は鼻を鳴らした。

「君は代表お墨《すみ》付きの秘書だ。まさか、この程度の量を覚えられないとは言わないよな？」

いつも通り無表情だけど、言い方に悪意を感じる。人をバカにしたような口ぶりにイラッとしてしまった。

「もちろんです！　こんなの朝飯前です‼」

見栄を張って宣言すると、副社長はジャケットを羽織り、バッグを手に取った。

「じゃあ、覚えたら同行させてやるから。……どれくらいの早さでマスターするのか、楽しみにしているよ」

抑揚のない声で言うと、副社長はスタスタと部屋から出ていってしまった。

「何よ、人をバカにして」

悔しくて、副社長が出ていったドアを睨《にら》む。

こうなったら、副社長がびっくりするくらいのスピードで覚えて、見返してやろうじゃないの！　それで、ちゃんと秘書としての仕事をさせてもらうんだから。

ひとり闘志を燃やし、自分の席に戻って早速ファイルを開いた。

任務その4『シミュレーションゲームで副社長を攻略せよ』

「丸山《まるやま》商事の担当者は？」

「綾部《あやべ》さんです！」

得意げに言うと、副社長は少しだけ顔をしかめる。

「この通りしっかり覚えましたので、今日こそはご同行させていただきます！」

やっと秘書らしい仕事ができる！

喜びでいっぱいの私に、彼は再び質問してきた。

「じゃあ、俺が最近、契約を取った会社名は？」

「えっ⁉」

最近⁉　慌ててメモ帳を取り出してページをめくると、副社長はバッグを手に立ち上がった。

「秘書なら、それも把握していて当然だと思うが？　今日もひとりで行く。お前は定時になったら、上がっていいから」

「そんなっ……！　あっ、副社長⁉」

彼は部屋を横切り、さっさと出ていってしまった。

シンと静まり返る副社長室で、ひとり呆然と立ち尽くしてしまう。

「今日も連れていってもらえなかった……っ」

ガックリうなだれ、トボトボと自分の席へと戻っていく。

副社長の秘書として働き始めて、二週間。

先週末に引っ越しをし、心機一転、仕事もプライベートも頑張ろうと意気込んでいた。どうにかひとり暮らしには慣れてきたものの、問題は仕事だ。電話の応対や、来客時のお茶出しはさせてもらえるようになったけれど、外出への同行や副社長のスケジュール管理、仕事の補佐などは、一切させてもらえていない。

とはいえ、私……雑用でさえも満足にできないでいる。社内からの伝言を書き込んだメモをなくしてしまい、もう一度聞きに行ったり、給湯室でお茶の葉やコーヒー豆をこぼしてしまったり……。小さいミスまで挙げたらキリがないほど、この二週間で失敗を繰り返している。

副社長は何も言わないけれど、それはただ単に私に興味がなく、自分の仕事に支障がないからだろう。

副社長は冷たくて、ちょっぴり意地悪な人だ。おまけに感情を表に出さないから、絡みづらい。……私、これで副社長の秘書としてやっていけるのだろうかと、早くも不安でいっぱいになっていた。


「やだ、副社長の話もっと聞かせてよ。リアルゲームキャラみたいで萌《も》える」

「えぇ～、やだよ。どうしてプライベートで、副社長の話なんてしなくちゃいけないのよ。せっかく飲んでるのに、気分悪くなるし」

今日は金曜日。

紗枝と久しぶりに飲みに行こうということになり、仕事のあとにやってきたのは、会社近くにある焼き鳥屋。女性でも入りやすく、リーズナブルな価格で料理も美味《おい》しいから、紗枝と頻繁に訪れている。

お互いビールで喉を潤したあと、注文した料理をつまみながら、話題は自然と副社長のことになる。

「でもなんだかんだ言いつつ、副社長の秘書に就いてもう二週間じゃない」

「いやいや、秘書の仕事なんてさせてもらえてないからね。……おまけに私、すでにいろいろと失敗しちゃってるし」

最後ボソッと呟くと、紗枝は呆れ顔を見せた。

「菜穂美がやらかすことなんて、許容範囲じゃない？　大丈夫、これからよ！」

紗枝なりに励ましてくれているのはヒシヒシと伝わってくるんだけど……どうしても前向きな気持ちになんてなれない。

だって副社長は私を全く必要としていない。もしかして、これまで彼の秘書を務めてきた人たちも、同じ扱いを受けていたのかな？

どんなに頑張っても認めてもらえない、仕事をさせてもらえない……そりゃ誰だって自分から『辞めます』と言いたくなるかも。今なら、副社長の秘書を辞めていった人たちの気持ちが、なんとなくわかる。

箸を持つ手はすっかり止まり、テーブルに並べられている料理を呆然と眺めていると、紗枝はなぜか急にバッグからスマホを取り出した。

「ねぇ、気分転換にこれやってみたらどうかな？」

そう言いながら見せてくれたスマホの画面には『御曹司を攻略！』のタイトルと、イケメンが数名映っていた。

これはもしや、紗枝がいつも言っているゲームだろうか？

「副社長みたいなタイプの御曹司はもちろん、優しいキャラや年下もいて、今結構ハマってる人が多いんだ。どんな言葉をかけて、どう行動するかによってストーリー展開や相手の態度とセリフも違ってくるから、意外とこれで副社長のこと、理解できちゃうかもしれないよ」

「えぇ……でも、ゲームでしょ？」

ゲームが参考になるとは、到底思えないんだけど。

渋る私に、紗枝はしびれを切らしてまくし立てた。

「えぇい！　いいから一度やってみなさい‼　送っておくからさ。どうせ土日は暇なんでしょ？」

「……わかったよ」

紗枝って、意外と頑固なところがあるんだよね。正直、ゲームとか興味ないけど、一度やれば紗枝も文句言わないよね。


「……嘘っ！　もう朝っ⁉」

帰宅後、お風呂を済ませて早速ベッドに横になり、紗枝が送ってくれたアプリをダウンロードしてみたんだけど……。いつの間にかカーテンの隙間《すきま》から朝日が差し込んでいたことに驚愕《きょうがく》。それにしても……。

「なんて面白いの、このゲーム！」

今まで『シミュレーションゲーム？　イケメンと恋愛？　何それ』ってバカにしていてすみません‼　めちゃくちゃ面白い！　なんでこんなにイケメンなの⁉　しかも、ただのイケメンじゃない。優しくて紳士的で情熱的で……！　こんな男の人に愛されたら、どんなに幸せか。

何より、御曹司ゲームだけあって、相手は社長や副社長ばかり。そんな彼らのもとで働く設定なんだけど、彼らがかけてくれる言葉が、もう最高すぎる。

副社長に彼らの爪《つめ》の垢《あか》を煎《せん》じて飲ませてやりたいくらいだ。でも――。

「ちょっとやる気出たかも」

ゲーム中にイケメンたちがかけてくれたセリフに、いくつか印象に残っているものがある。

『待っていても結果に結びつかない。自分で考えて先を読んで動かないと』

『どんなに最低な人でも、見方を変えれば違う発見ができるはず』

『まずは相手を知ることから始めないと、自分を受け入れてはくれない』

どの言葉も、今の自分に言われている気がした。私……自分で考えて動いているわけじゃないし、副社長のことをわかろうともしていなかったから。彼のことをもっと知ることができたら、見方が変わるかな。苦手って気持ちもなくなる……？

「もう少し頑張ってみようかな」

副社長を見返したくて必死に覚えていたけれど、考え方を変えて仕事をしたら見えてくることもあるかもしれない。

「……とりあえず寝よう」

時刻は朝の五時前。

ゲームをやめると、一気に睡魔が襲ってきた。結局、この日は昼過ぎまで熟睡してしまい、日曜日もゲームに没頭して過ごした。

「うん、なかなかいい感じに生けられたじゃない」

始業時間の一時間前。オフィスはまだ人もまばらだ。

私はいつもより早めに出勤し、副社長室に昨夜購入した花を生けていた。

ゲームに登場する副社長に似た人が、花好きだったのだ。だからといって、彼も花が好きとは限らないけれど、副社長室は度々来客があるというのに、必要最低限の物しかなくて殺風景だった。花を見て気分を悪くする人なんていないだろうし、文句は言われないよね。

「これでよし、と！」

応接テーブルと自分のデスクに花瓶《かびん》を置き、時間を確認して副社長室をあとにする。

そろそろ田中さん、出勤してくる頃だよね？　代表室前をウロウロしていると、タイミングよく田中さんが出勤してきた。

「あ……おはようございます！」

大きな声で挨拶をし、足早に田中さんのもとへ駆け寄っていく。

自分にできることをしよう。今の私にできる精一杯のことを。そんな思いで田中さんにあることを相談してみた。


それから三日後の木曜日。

これまで希望してきた、外出の同行やスケジュール管理のことは言わないように過ごしていた。ゲームの影響が大きいけれど、秘書の仕事はそればかりじゃないってことに気づいたから。

社員からの電話を副社長に取り次いだり、彼から受け取ったファイルを読み込んだりするのも秘書の大切な仕事のひとつ。そう自分に言い聞かせながらデスクワークをしていると、内線が鳴った。

誰からだろうと確認すると、なんと副社長室からで目を疑う。

え、副社長⁉　一体なんだろう、今まで一度も内線なんてかけてきたことなかったのに。……まっ、まさか私、自分でも知らないうちにまた何かしでかしたとか？

青ざめつつ、恐る恐る内線を取った。

「はい、小山で──」

『コーヒーをくれないか？　砂糖とミルクはいらないから』

「え……あの……」

『頼んだ』

一方的に言われ、すぐに内線を切られてしまった。受話器を手にしたまま呆然とする。秘書になってから副社長に飲み物を頼まれたことなんて、一度もなかったから。

「とっ、とにかく急いで持っていこう！」

慌てて立ち上がり、給湯室へ駆け込む。

田中さんに教えられた通り、いつ来客があっても対応できるように、コーヒーは毎朝淹れている。

クッキーがあったから、それもコーヒーと一緒にトレーに載せ、緊張しながら副社長室のドアをノックすると、すぐに「入れ」と声が聞こえてきた。

「失礼します」

中に入ると、副社長はパソコンで作業中だった。

えっと……デスクに置いてもいいのかな？

迷っていると彼は一瞬チラッと私を見たあと、椅子の背もたれに体重を預けた。

これは早く持ってこいってことかな？

そう判断し、副社長のデスクにカップとクッキーを載せたお皿を置いた。

「どうぞ」

「……あぁ」

副社長はなぜか歯切れ悪く返事をすると、私をじっと見つめてきた。

「あの……何か？」

居心地が悪くなり、トレーを胸の前で抱えて尋ねると、副社長は相変わらず感情の読めない表情で私を眺める。

「ここ数日、以前のようにうるさく突っかかってこなくなったが……」

うっ、うるさく……？

そんな風に思われていたとは、ショックだ。頭の中でガーンという効果音が鳴る。

「もしかしてお前、どこか悪いのか？」

目をパチクリさせてしまう。

だってこれは……もしや私を心配してくれているの？　いや、あの冷徹な副社長がまさかね……。頭の中で思いを巡らせていると、彼は怪訝そうに眉を寄せた。

「どうなんだ？」

私はハッとし、慌てて答えた。

「いいえ、どこも悪くありません！　ただ、その……」

言葉を詰まらせると、彼は急《せ》かしてきた。

「なんだ？　言いたいことがあるなら、はっきり言え」

容赦ない副社長にたじろぐ。……これは、彼と距離を縮めるチャンスなのかもしれない。そう自分を奮い立たせ、彼の瞳を視界に捕らえた。

「あの……今の自分にできる、精一杯のことをしようと思いまして」

しどろもどろになりながらも、少しだけ驚く副社長に自分の思いを伝えていく。

「もちろん、副社長からお預かりしたファイルを、今も必死に覚えているところです！　ですが、その……えっと、何も副社長の外出につき添ったり、スケジュール管理をすることだけが、秘書の仕事ではないと思いまして」

こんな私でも、やれることはあると思う。ううん、むしろこんな私だからこそやれることがあるはず。

三ヵ月間、総務部でなんでも屋さんのように仕事をしてきて、正直、『こんなのただの雑用じゃん』って思う時もあった。でもどんな仕事にも意味があって、必ず誰かの役に立っていた。

だからこそ私がこの数日でしてきたことは、会社にとっても副社長にとっても無駄なことではない！……と思いたい。

トレーを両手で抱えたままチラッと副社長の様子を窺うと、やっぱり無表情で私を見つめたまま。彼はどう思ったのだろうか。

怒った？　呆れた？　それとも勝手にやってろって思った？　シミュレーションゲームでは、すぐに相手の気持ちがわかって行動に移せるのにな。

当たり前だけど、ゲームの世界と現実は違う。

何も言わない副社長に、途方に暮れていると、彼は急に目を逸らした。そして、デスクにあった一枚の封筒を私に差し出した。

「来週金曜日の夜、一緒に行ってほしい」

「……え」

封筒を受け取って確認すると、とあるゲームソフトの発売記念パーティーの案内状が入っていた。

「今、契約に向けて交渉しているゲーム会社が主催するパーティーなんだが、こういった場所では同伴者が必要なんだ。……お前、行けるか？」

えっと……これはもしや、秘書として同行させてくれるってこと？

案内状を手にしたままフリーズしていると、副社長が再度「どうなんだ？」と聞いてきたものだから、慌てて答えた。

「わっ、私でよろしければ行かせてください‼」

思わず大きな声で言うと、副社長は少しびっくりしながらも、すぐにいつもの淡々とした様子で続けた。

「ドレスコード必須だから、当日は午後早く上がっていい。もしパーティー用のドレスを持っていなくて、行きつけのところもないなら、ここに行け。俺の名前を言えば、わかるように手配しておくから」

そう言うと、副社長はどこかのショップカードを差し出してきた。

もしかしてここ、ドレスショップなのかな？　それとも美容室？　なんにしろ助かった。私、パーティーに着ていけるような服なんて、一枚も持ってないし。

「以上だ。戻っていい」

「あ……はい！」

すっかり仕事モードに戻った副社長は、カタカタとパソコンキーを叩き始めた。

邪魔しないよう、そっとドアのほうへ向かい、ドアノブに手をかけた時、思いも寄らぬ言葉がかけられた。

「コーヒー、ありがとう。……それと花も」

「えっ？」

足を止めて振り返ると、副社長は先ほどと変わりなく、リズムよくパソコンキーを打ち続けている。

えっと……もしかして聞き間違い？　でも確かに『コーヒー、ありがとう』って言ってくれたよね。それに花のことも。

信じられなくて、でも信じたくて、立ち止まったまま彼をじっと見つめていると、副社長はパソコンのほうを向いたまま言った。

「俺が礼を言うのが、そんなに信じられないのか？」

「……えっ!?　いや、そのっ……」

慌てふためく私に彼は手を止め、こちらを見た。吸い込まれそうな瞳と目が合っただけでドキッとすると、彼は抑揚のない声で話す。

「俺だって人間だ。感謝の気持ちだって、伝えることがあるに決まってるだろ？　仕事場に花があるだけで気分も変わる。……ありがとう」

「副社長……」

なんですか、それは。いつもクールで仕事にも厳しい人が『ありがとう』だなんて。

相変わらず、無表情で言われたけれど、なぜだろう。副社長から感謝の気持ちがヒシヒシと伝わってきて、胸がいっぱいになる。

「えっと……それじゃ、これからも毎日、花を生けさせていただきますね！」

「……楽しみにしている」

ボソッと囁《ささや》かれた言葉。

それがなぜか、私の胸をキュンとさせた。

うわぁ……何これ。どうして私、こんなに胸が苦しくなっちゃってるの？　自分の気持ちが信じられなくて、早くこの場を立ち去りたい一心で「失礼します！」と頭を下げる。そして、足早に副社長室から退散しようとしたけれど……。

「痛っ！」

あまりにテンパりすぎて、ドアを開けずに突進したため顔をぶつけてしまった。

鼻を押さえ、痛みと恥ずかしさに悶《もだ》えていると、背後から聞こえてきたのは我慢できず噴き出した声。

「……え」

びっくりして振り返るものの、副社長は涼しい顔をしてパソコン画面と向き合っている。

あれ、さっき副社長が笑った気がするんだけど、気のせいだった？

不思議に思って首を傾げると、副社長は淡々とした口調で言った。

「なんだ？　早く仕事に戻れ」

「あ、すみません！」

今度はしっかりドアを開けて副社長室をあとにしたけれど……身体中の力が一気に抜け、ドアに寄りかかった。

なんかいろいろなことがありすぎて頭の中は混乱状態だけど、あの副社長が私に感謝の言葉をかけてくれて、何より秘書としての仕事を任せてくれた。

手にしていた案内状を、ニヤニヤ顔で眺めてしまう。

初めて外出に同行させてくれるんだもの。いつものような失敗をしないように、精一杯頑張らないと！

ひとり気合いを入れ、自分のデスクへと戻っていった。

任務その5『ドレスアップで彼を虜《とりこ》にせよ』

「小山、この書類、シュレッダーにかけておいて」

「はい！」

週が明けて、いよいよパーティーを明日に控えた今日。私は副社長に仕事を与えられてホクホクしていた。

先週のあのやり取りのあとから、副社長は簡単な雑用なら私に任せてくれるようになった。

傍《はた》から見たら『雑用でしょ？』って言われてしまうかもしれないけれど、相手はなんていったって、なんでも自分ひとりでやってしまうあの副社長。たとえ雑用でもすごいことだと思う。

オフィスにあるシュレッダーで、頼まれた書類を鼻歌交じりにかけていると、突然背後から声をかけられた。

「何かいいことでもございましたか？」

「ひっ⁉」

身体を大きく反応させ、悲鳴にも似た声をあげてしまう。

心臓をバクバクさせたまま振り返ると、そこに立っていたのは田中さんだった。

「申し訳ありません、驚かせるつもりはなかったのですが……」

「い、いいえ、こちらこそすみません。オーバーに反応してしまって」

びっくりした。田中さんってば、いつの間に来たんだろう。なかなかドキドキが収まらず、胸元を押さえながら書類をシュレッダーにかけていく。

田中さんは、隣に置いてあるコピー用紙を取りに来たようで、棚に置いてある束をひとつ手に取った。

「ところで小山さん。……ひとつご確認したいことがあるのですが」

「あ、はい。なんでしょうか？」

手を休めて彼を見ると、田中さんは探るような目で私を見てくる。

な、なんだろう。……私、何かマズいことでもやっちゃったかな？

昔からのクセで、何も悪いことをしていないのに、どこかで何かやらかしてしまったんではないかと不安になる。

今も『確認したいことがある』なんて前置きされると、何か失敗したのかも……と疑ってしまう。

違う意味でドキドキしていると、田中さんが尋ねてきた。

「明日、副社長とご一緒にパーティーに参加されるとお聞きしたのですが……」

「あ……はい、そうです」

私が答えると、田中さんは珍しく目を丸くさせた。

「そう、でしたか。……驚きです、あの方が誰かを連れていくなんて」

「え……？」

もしかして、これまでの秘書は誰も同行していなかったの？

自分だけ連れていってもらえることが信じられず、今度は私が目を見張ってしまう。

すると、田中さんは頬を緩めた。

「小山さんは、相当副社長に気に入られているようですね」

「そんなっ！　とてもじゃないですけど、そういう風には思えません」

けれど、田中さんは首を左右に振った。

「あの方は代表とは違い、自分の感情を表に出すのが苦手なだけなんです。意外と可愛いところもおありなんですよ」

「……えっ⁉」

可愛い⁉　あの副社長にそんな一面があるなんて信じられない。

私の心情を察した田中さんは、クスリと笑った。

「それと、少なくとも副社長は小山さんに、好感を抱いているはずです。なんせあの方が我慢できず、噴き出すほどなんですから」

「ふっ、噴き出す……ですか?」

あの、ニコリともしない副社長が？　いやいや、何かの間違いじゃないかな。副社長が噴き出すところなんて……ダメだ、全く想像できない。

「本当ですよ。覚えていらっしゃいませんか？　面接日のことを」

「面接の日、ですか?」

「ええ。あの場に副社長もいて、小山さんが豪快に転倒された際、口元を押さえて必死に笑いをこらえていらっしゃったんですよ。副社長が入社されてから、一度も見たことがなかった笑顔を、小山さんはいとも簡単に引き出しました。今までの秘書には、副社長は本来の姿を見せることはありませんでしたが、小山さんになら心を開くのではないかと思ったのです」

感慨深そうに話す田中さん。

びっくりだ。あの日は正直、転んだことでパニックになり、副社長がいたかどうかも、何をしゃべったのかもはっきり覚えていない。ただ必死に、この会社に入りたいと熱弁していた気がする。

それにしても、えっと……これは喜ぶべきなの？

あの冷徹副社長が私の失態を見て笑っていたなんて、嬉しいような悲しいような複雑な気持ちだ。

「すぐに私のほうから、そのことを代表に報告いたしまして、ぜひとも小山さんを副社長の秘書に……となったんです。ですので小山さん、自信を持って業務に当たってください。きっと、あなたならあのお方の秘書として、立派に務め上げられると思います」

田中さんはそう言ってくれたけれど、『本当に私なんかが？』と不安に襲われる。

「それでは、私はこれで」

「あ、お疲れさまです」

去っていく田中さんに頭を下げるも、今聞いた話が脳内で繰り返される。

あの副社長が私を見て噴き出した？　やっぱり信じられない。でも、田中さんが嘘をつくとは思えないし……。

疑問を抱えながら、副社長室へと戻っていった。

「おい、俺の顔に何かついているのか？」

「――え、あっ！　いいえ‼」

次の日の午後。

副社長に『コーヒーを頼む』と言われ、彼のデスクに運んだものの……。昨日の田中さんの話が頭にずっと残っていて、つい彼の顔をまじまじと眺めてしまった。

すると副社長は、不機嫌そうに私をひと睨み。慌てて首を左右に振るものの、彼は依然として冷めた目を私に向けたまま。

「だったら無駄に見るな。人に見られるのは好きじゃない」

「すみません」

副社長の秘書になって気づいたことがある。彼は何を考えているかわからない人だけど、怒りやイライラなどの負の感情だけは読み取れる。今だって、しっかり伝わってくるもの。

「お前、もう上がっていいぞ」

「え……もう、ですか？」

咄嗟に壁にかかっている時計を見ると、時刻は十五時前。副社長との待ち合わせの時間は十八時半。

さすがに早すぎじゃないだろうか。戸惑っていると、彼は小さく息を漏らした。

「女は準備にいろいろと手間がかかるんだろう？　遅れられてはこっちが困るから、さっさと上がれ」

「はっ、はい！」

強い口調で言われ、無駄に背筋が伸びてしまった。

「えっと……ではお言葉に甘えて失礼します」

「あぁ」

副社長はすっかり仕事モードに入っており、こちらを見ることなく書類に目を通したまま。

それでも小さく一礼し、副社長室をあとにした。


「……本当に、この道で合ってるんだよね？」

あれから会社を出て、先日副社長にもらったショップカードを頼りに目的地へ向かうものの……。どうやら大通りではなく、入り組んだ奥の細道にあるようで、なかなか辿り着けずにいた。

ショップカードに記載されている簡易地図ではわからず、アプリの地図を頼りにさまようこと数十分。やっと目的の店に着いた。

「ここだ……！」

路地裏のオシャレなレンガ造りの外観に、店名の書かれた小さな看板が掲げられていた。『FELICITE《フェリシテ》』と。確かフランス語で〝至福〟って意味だった気がする。

窓越しに中の様子を窺うと、素敵な洋服がたくさん展示されていた。

しかし、自分が場違いなようで、少し入りづらい雰囲気だ。いや、だからこそパーティーに参加するにふさわしい服をお願いしなくてはいけないのだけど！

あっ！　そういえば、今財布にいくら入ってたっけ⁉　それなりにたくさん持ってきたつもりだけど……。

不安になり、バッグの中を漁《あさ》っていると、店のドアが開かれた。

カランカランと鳴った音にビクッとする私に、可愛らしい女性店員がためらいがちに声をかけた。

「あの……もしかして小山菜穂美様、でしょうか？」

「あ、はい！」

名前を呼ばれて咄嗟に返事をすると、彼女は安心したように微笑んだ。

「よかったです、人違いでなくて」

ちょっぴり舌を出しておどける彼女を、真正面で捕らえた。

年齢は……私と大差ないだろうか？　笑顔が素敵な人だ。

彼女を眺めていると、「どうぞお入りください」と促された。

「すみません、ありがとうございます」

おずおずと案内されるがまま店内へ足を踏み入れると、飛び込んできた光景に思わず「うわぁ……すごい」と声を漏らしてしまった。

少し暗めの淡い照明のもと、目を引くようなデザインの洋服と、バッグや靴、そして可愛い小物類。さらにはアクセサリーまでオシャレに陳列されていた。

目を奪われていると、女性は嬉しそうに頬を緩めた。

「こちらの商品はすべてオーナー自身が買いつけてきた物で、新鋭デザイナーや、まだ知られていないブランドの商品ばかりなんです」

「そうなんですね」

確かに、大型商業施設などに入っているショップの服はない。一点もののような、斬新なデザインの服ばかりだ。

「当店の商品は、お好みに合いますでしょうか？」

問いかけてきた彼女に、何度も頷いた。

「もちろん！　どれも素敵です」

素直に思ったことを伝えると、彼女は「ありがとうございます」と小さく頭を下げ、名刺を差し出してきた。

「一之瀬様より小山様のコーディネートを承っております、佐々木《ささき》愛里《あいり》と申します。小山様をしっかりとドレスアップさせていただきますので、よろしくお願いします」

「こっ、こちらこそよろしくお願いします！」

名刺を受け取ったものの、恐縮してしまう。

「ではお時間もありませんし、早速始めさせていただいてもよろしいでしょうか？」

「はい」

笑顔で返事をすると、佐々木さんが案内してくれたのは、なぜか奥にある部屋。温かみのあるクリーム色のレンガ調の壁紙の室内には、星が散りばめられたドレッサーが置かれていて、その奥はカーテンで仕切られていた。

「事前に一之瀬様より小山様のお写真をお預かりしておりましたので、私のほうでお似合いになりそうなドレスをご用意させていただきました。どうぞこちらへ」

「は、はい！」

佐々木さんのあとを追っていくと、彼女が開けたカーテンの向こう側には、一着のドレスがハンガーにかけられていた。淡いミントグリーン色で、袖《そで》や裾《すそ》にはレースがあしらわれており、とても素敵だ。

思わず目を奪われてしまう。

「お気に召していただけましたでしょうか？」

「もちろんです！　とっても素敵です！」

力強く答えると、佐々木さんはニッコリ笑った。

「よかったです。小山様にぴったりだと思ったので。それではまず、メイクと髪のセットをさせていただきますね」

「えっ、それもやっていただけるんですか？」

聞き返すと、彼女はニッコリ微笑んだ。

「はい、一之瀬様から承っております」

てっきりドレスだけかと思ったら、すべて手配してくれていたなんて。なんとか自分でメイクとヘアセットをやろうと思っていたから、こんな素敵なところで全身コーディネートしてもらえるのは、すごくありがたいし嬉しいんだけど……いよいよ財布の中身が心配になる。

どうしよう、どれくらいかかるんだろう。いつ聞けばいい？　着替える前？

アタフタしていると、佐々木さんはピンときたのかクスリと笑った。

「それと一之瀬様より前払いしていただいております」

「……前払い、ですか？」

目をパチクリさせると、佐々木さんは大きく頷いた。

副社長に何から何まで手配してもらい、申し訳なくなる。でも、さすがに支払いまでしてもらうわけにはいかない。あとでしっかり払おう。

「では、メイクとヘアセットのほうに入らせていただきますね」

「よろしくお願いします」

部屋にあった可愛いドレッサーに座らせてもらい、鏡に映る自分がみるみるうちに変わっていくのを目《ま》の当たりにし、歓声をあげてしまった。

「すごい……自分じゃないみたい。佐々木さん、すごいですね！」

鏡越しに佐々木さんに伝えると、彼女は微笑んだ。

「いえいえ、私なんてまだまだです。オーナーには全くかないません」

「オーナーさんもすごい方なんですね」

鏡越しに伝えると、彼女はほんのり頬を赤く染めた。

「はい、それはもう腕はいいですし、人としても尊敬できる方なんです。私……美容師免許やいろいろな資格を取って、現場で経験を積んできたのですが、『ここで働きたい！』と思えるところがなかなかなくて。……そんな時、出会ってしまったんです。うちのオーナーさんと、ですか？」

「オーナーと」

オウム返しすると、彼女は目を細めた。

「はい。……この人のもとでずっと働いていきたいと思ったんです。なので、今は毎日充実していて楽しいんですよ」

鏡越しに照れる彼女を見て、同じ女性としてなんとなくわかってしまった。もしかしたら佐々木さんは、オーナーさんに恋をしているのかもしれないと。

「そうなんですね。……じゃああの、またここに伺《うかが》ってもいいですか？　ぜひオーナーさんにもお会いしてみたいです」

店内の商品を見て、彼女の話を聞いて。それだけでとても素敵な人なんだろうなって想像できる。そんな彼と一度会ってみたい。

すると、佐々木さんはパッと顔を輝かせた。

「ぜひ……！　オーナーも喜ぶと思います！　お待ちしておりますね」

「はい」

話をしている間も、彼女は手を休めることなく進めてくれた。

その後、試着室でドキドキしながらドレスに袖を通す。その姿を目の前の全身鏡で確認すると、テンションが上がってしまった。

「やっぱり素敵……。本当に私じゃないみたい」

目で見ただけではわからないことも、実際に着てみると実感できる。着心地は抜群にいいし、丈の長さも膝が見え隠れするくらいでちょうどいい。それに、メイクが施され、ヘアセットされた自分は別人のようだ。

いろいろな角度から見ていると、カーテンの向こう側から声がかけられた。

「いかがでしょうか？　カーテンをお開けしてもよろしいでしょうか？」

「あ……はい」

佐々木さんはゆっくりとカーテンを開け、私を目で捕らえると満足そうに頷いた。

「やはりイメージ通り、お似合いです。きっと一之瀬様も、小山様に惚《ほ》れ直しちゃうと思いますよ」

「えっ？　いや、そんなっ……！」

もしかして佐々木さん、私と副社長の関係を勘違いしてる？

慌てる私に、彼女はキョトンとした。

「あれ……？　違いました？　彼がこんなこと頼んでくるなんて初めてのことなので、てっきりそういう仲なのかと」

〝そういう仲〟ってつまり、恋仲ってことですよね⁉

「そんな、とんでもないです！　私と副社長が、なんて恐れ多い‼　私はただの秘書です」

必死に弁解すると、佐々木さんは目をパチクリさせた。

「秘書さん……なんですね。それは失礼しました。一ノ瀬様……和幸とは従兄妹《いとこ》で昔から知っているものでして」

「従兄妹？　……副社長とですか⁉」

驚きの事実に、大きな声を出してしまった。

そうだったんだ……。あぁ、なるほど。副社長がここを紹介してくれたのは、従兄妹が勤めている店だからだったんだ。

ひとり納得していると、佐々木さんは私の様子を窺いながら言った。

「和幸が私に頼み事をしてきたのは、初めてのことなんですよ。だから、彼にとって小山さんは特別だと思います」

「そんな……」

あの副社長に限ってあり得ないことだと自分に言い聞かせつつも、内心ドキッとしてしまった。

「和幸は気難しくて誤解されやすいんですが、根はいいヤツなんです。仕事面でも、できればプライベートでも彼のこと、よろしくお願いしますね」

微笑みながら言われたまさかのお願いに、アタフタしてしまう。なんて返せばいいのだろうか。

困っていると、入口のほうからカランカランと、ドアが開く音が聞こえてきた。

「あ、すみません。少々お待ちください」

「はい」

佐々木さんは、急いでフィッティングルームを出ていった。

その後ろ姿を見送ると、ホッとして息が漏れる。

私は副社長にとって特別みたいに佐々木さんは言っていたけれど、そんなことあるわけがない。あるわけないってわかっているのに……。

「どうして私、こんなにドキドキしちゃっているのよ」

自然と胸元に手が行くと、伝わってくる。自分の胸の鼓動《こどう》の速さが。

落ち着かせるように大きく深呼吸をしていると、店内のほうからふたりの話し声が聞こえてきた。

「遅い！　言ったよな？　今日は大事なパーティーだって」

「何が『遅い』よ、たった五分遅れただけでしょ？　和幸は時間に厳しすぎるの！」

「厳しいんじゃない、愛里と違って俺は時間を守る人間なんだ」

子供染《じ》みた言い争いの声は、徐々に近づいてくる。この声って佐々木さんと副社長だよね？　いつも冷静な副社長が感情を露わにして話しているなんて、ちょっと信じがたい。

「それで、もちろん準備は終わっているんだろうな」

「当たり前でしょ？　小山さんが綺麗すぎて和幸、腰を抜かすと思うわよ」

えっ⁉　やだ、佐々木さんってばなんてことを……！　そりゃ、佐々木さんのお力をお借りして素敵に変身させてもらえたけれど、ハードルを上げないでほしい。

「腰を抜かすってオーバーな……。小山、俺だ。入るぞ」

ドアの向こう側から副社長の声が聞こえてきた瞬間、咄嗟に試着室のカーテンを閉めた。この姿を見られるのが恥ずかしいと思ってしまったから。

「おい、いないじゃないか」

「あれ？　もしかして……」

カーテンの向こう側から聞こえてくる足音。

「どうしたんですか？　早く和幸に見てもらいましょう！　綺麗な小山様の姿を」

弾《はず》んだ声で言われ、咄嗟に「えっ‼」と大きな声を漏らしてしまった。

「なんだ、どうして隠れているんだ？」

「いや、あの……っ」

次に聞こえてきた副社長の不機嫌な声にうろたえる。

「恥ずかしがることありませんよ！　本当に小山様、お綺麗ですから。失礼します」

そう言った佐々木さんに勢いよくカーテンを開けられ、副社長とご対面を果たした。

すると副社長は目を見開き、まじまじと私を眺めてきたものだから、いたたまれなくなって顔を伏せてしまう。

あぁ、副社長……今何を思っているのだろうか。佐々木さんが言っていたわりにはたいしたことないとか？　それとも洋服負けしているとか？　マイナスな考えばかりが頭の中を駆け巡っていく。

「どう？　和幸。綺麗でしょ？」

得意げな顔で副社長に問う彼女に、ギョッとする。

さっ、佐々木さんっ……！　お願いだから何も言わないでほしい。聞かれたって副社長も返答に困るはず。それか、彼のことだ。ズバッと思ったことを口にされてしまうかも。

だけど、彼からは予想外の言葉が飛び出た。

「あぁ、そうだな」

……え、『そうだな』？

信じられなくて副社長を見ると、彼はまっすぐ、けれどいつものように感情の読めない表情で私を見据えていた。

「そうでしょ？　パーティーでも注目を浴びること間違いなしよ！　和幸、しっかりエスコートしなさいよね」

「言われなくてもわかってる」

副社長は私の一歩手前まで来ると、今度は間近で私を眺め始めた。

さっきの言葉の意味は何？　それに、こんなに直視されると、顔から火が出るほど恥ずかしいのですが。

「えっと……副社長？」

耐え切れなくなり声を絞り出すと、彼は「行くぞ」と言い、強引に私の肩を抱き寄せた。

「……え、キャッ⁉」

一瞬にして密着する身体。彼の温もりを嫌でも感じてしまい、戸惑いを隠せない。

「あの、副社長っ……⁉」

「愛里、この礼はあとで。失礼する」

「はーい、気をつけていってらっしゃい」

副社長は私の声に被《かぶ》せて言うと、手をひらひらさせて見送る愛里さんを尻目に、私の肩を抱いたまま歩きだした。

えっ、えっ⁉　何、この状況‼　軽くパニック状態になる。

どうして副社長ってば、私の肩を抱いちゃってるの？

緊張して変な汗が流れそうだ。店を出たところで限界に達し、声をあげた。

「副社長、あの……！」

「急ぐぞ。遅刻はできないから」

言葉を遮《さえぎ》られると、副社長は足早に歩いた。

遅刻できないのはわかるけど、この距離間、どうにかならないでしょうか⁉

奇想天外な彼の言動に振り回されながら、副社長についていくしかなかった。

任務その6『ピンチをチャンスに変えろ』

「行くぞ」

「はっ、はい！」

エントランス前で車をドアマンに預け、先に歩きだした副社長のあとを慌てて追いかけた。

佐々木さんに見送られて店を出て、副社長が運転する車でやってきたのは、各界の著名人も頻繁に訪れていることでも有名な、都内の一流ホテル。

正面玄関をくぐり抜けると高い天井からは、眩《まばゆ》い光を放つシャンデリアが吊《つ》るされており、床は大理石でキラキラしている。ラウンジにはゆったりとくつろげるソファが置かれていて、大きな窓からは光が降り注ぎ、その向こうに噴水が見える。

すれ違う人たちも上品で、私みたいな一般人とは違う雰囲気。

初めて訪れる煌《きら》びやかな世界に怖気《おじけ》づき、副社長についていくことしかできない。

さっ、さすがは一流ホテル。客層だけでここが普通のホテルとは違うと、改めて認識させられる。

挙動不審になりながら、フロントやラウンジにいる人をチラチラと見て進んでいると、堂々と前を歩く副社長はボソッと言った。

「おい、あまりキョロキョロするな」

「でっ、ですが副社長！　私、完全な場違い感が否めないのですが……！」

周囲に聞こえないよう声を潜めて伝えると、彼から耳を疑うようなセリフが発せられた。

「安心しろ。全然場違いなんかじゃない。……今日のお前は綺麗だから」

「……え？」

思わず足が止まる。

いっ、今のは何？　驚きだ。あの副社長からそんな言葉が出てくるなんて。

ストレートなセリフに恥ずかしさを覚えながらも、ちょっぴり嬉しくて、でも信じられない気持ちもあって、混乱状態。

呆然と立ち尽くしていると、それに気づいた副社長も足を止め、振り返って呆れ顔で私を見た。

「おい、何をしている。早く来い」

「はっ……はい！」

厳しい口調で言われ、咄嗟に返事をする。

急ぎ足で彼のもとへと駆け寄ると、副社長はまた歩きだした。

半歩後ろを歩きながら、つい何度も彼の横顔を見てしまう。

あんなことを言っておいて、副社長はどうしてこんなに冷静でいられるの？　もしかして『綺麗だ』って、いつも伝えている相手がいるとか？

副社長の浮いた話は聞いたことがないけれど、社内にそういう相手がいないだけで、プライベートではいるのかもしれない。意外と遊び人だったりして。

それなのに、彼に綺麗って言われて、喜んでいる自分がいる。普段、感情を表に出さない副社長だから、余計にそう思うのかも。

変にドキドキしながら副社長のあとを追い、エレベーターに乗って降りた先は十階にあるバンケットルーム。

ドア前には豪華な献花が所狭しと並べられていて、受付には列ができていた。

そこで受付を済ませると、足を踏み入れた先には別世界が広がっていた。ゴージャスなシャンデリアが吊るされている広い会場には、三百名ほどの招待客がおり、真っ白なクロスがかけられた丸テーブルの上には、美味しそうな料理がズラリと並べられていた。

立食スタイルらしく、ドレスアップした方たちが、グラスを片手に談笑している。

これはやはり私、場違いじゃないですか？　こんな場所で、どんな風に振る舞えばいいのかわからずボーッとしていると、先に進んでいた副社長が気づいて戻ってきた。

そして、再び私の肩を抱き寄せた。

「えっ！　わっ、副社長⁉」

「軽く説明するから、しっかり聞け」

私の肩を抱いたまま歩きだした副社長。

密着する身体に、彼の話を聞いているどころではない。

なのに副社長は、周囲に聞こえないよう小声で話しだした。

「今回俺は、このパーティーを主催している会社と契約を結びたいと思っている」

「契約、ですか？」

ドキドキしつつも、必死に副社長の話を頭に叩き込む。

「あぁ。……これまでも何度か交渉を申し込んでいるんだが、一向にいい返事をもらえていない。だが、契約できればうちにとって大きな利益になる。今、アプリゲーム市場は拡大しているしな。契約を機にほかのクライアントとも、有利に契約を進めていきたい」

難しいことはよくわからないけれど、つまりこの会社との契約は我が社にとって、とても重要ってことだよね？　それが今、難航しているってこと？

確かパーティーを主催しているのは、女性向けのアプリゲームでトップのところだよね。紗枝に送ってもらってハマッたゲームを制作した会社だった。

「発売記念パーティーでお前を連れていれば、少しはガードが緩むと思ってな。契約を結べたら大きな利益になることはもちろん、うちの制作部なら、相手が求めている以上のものを作れると思っている。それだけの技術があるからな。社員のスキルアップに繋がる経験にもなると思うし。お前を連れてくるのは不本意だったが、そのためにも今日は頼む」

「副社長……」

不本意だなんて、そんな頼み方ある？

でもこれが副社長なのかもしれない。口は悪いし、いつも無表情だけど、単に不器用なだけなのかな？　そして、誰よりも会社のことを考えている人。

副社長が就任してから、我が社の業績はより一層アップしている。それは彼が並々ならぬ努力をしているからだよね？　断られても、今日のように何度も訪ねている副社長の頑張りがあってこそだったんだ。

それなのに私は秘書になりたての頃、『外出の際は同行したいです！』なんて軽々しく言って……。

連れていってもらえるわけないじゃない。何も知らない私が行っても邪魔で迷惑なだけだ。だからこそ、副社長はあの分厚いファイルを私に渡してくれたんだ。

「お前はただ、俺のそばにいてくれればいいから。ニッコリ笑っていればいい」

会場の中央まで来ると副社長は足を止め、私の肩から手を離した。そして真剣な面持ちで私を見つめてくる。

「女性がいると、対応が柔らかくなるクライアントもいるんだ。所詮、男は女に弱い」

淡々とした口調で、とんでもないことを言っておりますが。……けれど、それなら私にだってできることがあるよね。

「わかりました！　私にできることを精一杯させていただきます!!」

両手をギュッと握りしめ、彼に伝える。

すると、副社長は少しだけ目を見開き、口元を緩めた。

「期待していないけど、お前の『精一杯』って言葉は信じたいから連れてきた」

「……え？」

「前にもお前、言ってただろ？　今の自分にできる、精一杯のことをするって。そういうヤツ、嫌いじゃない」

な……にそれ。

いつになく優しい表情の彼に、胸がトクンと音をたてた。なんだか最高の褒め言葉をもらった気分だ。

私、昔から何事にも一生懸命やってきた。けれど結果が伴わず、努力したって誰も気づいてくれなかった。でも副社長は違うのかもしれない。結果だけではなく、その過程もしっかり見てくれる気がする。

そう思うと、胸の鼓動の速さが増し、まともに副社長の顔が見られなくなる。

「どうした？　人に酔ったか？」

「いいえ、大丈夫です！」

慌てて手を左右に振った時、中年のダンディな男性がふたり、声をかけてきた。

「久しぶりだな、和幸くん」

「お久しぶりです。水谷《みずたに》社長、荒井《あらい》社長」

水谷社長に荒井社長……あっ！　思い出した。うちが設立当初から、ホームページの運営・管理を任せていただいている、ネット通販会社の社長さんたちだ！

「お父様は元気かね？」

「元気も何も、相変わらずですよ」

あぁ、副社長ってば……！　向こうはにこやかに声をかけてくれているというのに、笑顔も見せずに対応しちゃって！　古くから付き合いのある方たちだけど、その態度はマズいんじゃないの？

見ているこっちがハラハラする。

「ガハハッ！　君のそういうところも相変わらずだな」

けれど、水谷社長は副社長のことをよくわかっているようで、笑いながら彼の肩をバシバシ叩いた。

なんていうか、ふたりの副社長を見る目は、まるで手のかかる息子を見ているようだ。ボーッと三人のやり取りを眺めていると、ふと荒井社長と目が合った。

「おや、そちらの素敵なお嬢様は、和幸くんのお連れ様かな？」

「あっ……えっと」

咄嗟に声をかけられ、テンパッていると、副社長がすかさず助け船を出してくれた。

「ご紹介が遅れて申し訳ありません。秘書の小山です」

「は、初めまして！　小山菜穂美と申します‼」

勢いよく頭を下げると、頭上からは感慨深そうに話すふたりの声が聞こえてきた。

「ほう……これはまた驚きだ」

「あぁ。まさか和幸くんが秘書を連れてくるとは……」

ふたりの話に、脳裏に浮かぶのは田中さんから聞いたこと。田中さんも言っていたけど、やっぱり今まで副社長、取引先に秘書を紹介していなかったんだ。

顔を上げると、ふたりにまじまじと見られて、目をせわしなく泳がせてしまう。

「秘書がつくと、仕事がやりやすいだろう？　それに余裕も生まれてくる。……だからかな？　私の誕生日に花を贈ってくださったのは」

「えっ？」

隣に立つ副社長は、心当たりのない話に戸惑いだした。

「私が荒井社長の誕生日に花を……ですか？」

「なんだい？　多忙すぎて忘れてしまったのか？　鉢に入った可愛らしい花を贈ってくれたじゃないか。いや～、この歳で花を贈ってもらえるとは夢にも思わなかったが、嬉しいものだな。妻も喜んでいたよ」

嬉しそうに話す荒井社長に、水谷社長も続く。

「荒井くんから聞いてうらやましくなってね。私も誕生日、期待して待っているよ。今後ともよろしくな」

「はっ、はい。こちらこそ、よろしくお願いいたします」

戸惑いながらも言葉を返し、一礼する副社長。

彼に続いて私も頭を下げると、ふたりは上機嫌で去っていった。

不思議そうにふたりの後ろ姿を見送っている副社長に、恐る恐る切り出した。

「あの……副社長。その……申し訳ありません、荒井社長の誕生日に花を贈ったのは私なんです」

「は？」

いつになく間の抜けた声を出した副社長。

「えっと……自分にできることをしようと思いまして。あっ！　もちろん、田中さんには相談しました‼」

副社長の秘書として、『まずは取引先のデータを預かったからこそできることを！』と思い、今月誕生日の取引先の方々に花を贈ったのだ。副社長の名義で。

「ご報告せず、すみませんでした」

本当は伝えるつもりだったけど、田中さんに『許可を取らずに、機転を利かせてやるのが秘書なので、報告しなくても大丈夫です』と言われたのだ。

それに、まさかこんなところで言われるとは夢にも思わず。

……でも荒井社長、すごく喜んでくれていたよね？

先ほどの荒井社長の嬉しそうな顔を思い出すと、心がほっこりと温かくなる。今まで皆に呆れられたり、がっかりされることばかりだったから、あんな風に喜んでもらえると、やってよかったと思う。

頬が緩みそうになり、唇《くちびる》をギュッと噛《か》みしめると、副社長はボソッと「そうだったのか」と呟いた。

すると、少しだけ目を細めた彼と視線がかち合い、ドキッとしてしまう。

「お前、いつの間にそんなに気が利くようになったんだ？　荒井社長はああ見えて、実は普段、気難しくて有名な人なんだ。それが、まさか花好きとは……想定外だった」

口元に手を当て「フッ」と笑みをこぼす姿に、視線が釘付けになる。

いやいやいや、想定外なのは副社長のほうです！　なんですか、その笑みは‼　普段はニコリともしないくせに。……おかげでこっちは胸を苦しくさせられてます。

本当に意外……。普段、笑わない人のちょっとした笑みが、こんなにも破壊力があるなんて。

胸元を押さえながら副社長を眺めていると、私の視線に気づいた彼はハッとし、咳払いをした。

「できれば、今後も頼む」

「は、はい！　もちろんです」

どうしよう、すごく嬉しい。いつも何かやらかしてきた私が、『今後も頼む』って言ってもらえるなんて……！　頑張ろう、これからも。

「大口の取引先に挨拶するから、ついてこい」

「はい！」

先に歩きだした副社長に続いて、次々と取引先の方々に紹介してもらった。

「やはり忙しいようで、なかなか話す機会がないな」

パーティーが始まって約二時間。副社長は主催者であるゲーム会社の緒方《おがた》社長と、なかなかコンタクトを取れずにいた。

ここ最近、業績を伸ばしている『株式会社リバティ』は、スマートフォン用のゲームアプリを開発している会社だ。

業界内で注目を集めているリバティを設立したのは、当時、弱冠二十五歳の若き秀才——緒方社長。現在、三十二歳の彼はルックスもよく社交的で、よく若き新鋭としてビジネス雑誌などで取り上げられているようだ。

副社長とはまた違った人種だと思う。というか、人柄的には真逆というか……。先ほど、壇上でスピーチをした緒方社長は、終始にこやかだった。時には冗談を交えて会場の笑いを取っていて、コミュニケーション能力もありそう。

一方の副社長は常にポーカーフェイスで、口数も少ない。

なんとなく、ふたりは性格的に合わない気がするけど、思い違いだろうか？　それにさっきから緒方社長を見ていると、副社長が声をかけようとしたタイミングで、必ずといっていいほど、ほかの人に話しかけている。

えっと……これはひょっとしてひょっとすると、副社長……緒方社長にわざと避けられている？

そんな思いが頭をよぎったけれど、常に話す機会を窺っている副社長を前にしては、言えるはずもない。

けれど、どうして緒方社長はそこまでして、副社長とコンタクトを取りたがらないのだろうか。私、難しいことはよくわからないけど、契約しないにしろ、話くらい聞くのが普通じゃないの？　なのに、挨拶さえもさせてくれないなんて、ちょっと大人げない気がする。

パーティーも永遠に開催されているわけではない。刻々と終了時刻が迫っている。

いい加減、副社長にも焦りの色が見え始めた。

そんな時、参加者がボーイに声をかけて、飲み物を受け取っているのがふと目に入った。

立食パーティーでは、飲み物はああやってもらうんだ。

こういう場は初めてで、新しい発見ばかり。そういえば、ここに来てから何も飲んでいない。おかげで喉がカラカラだ。

でも、私以上に副社長のほうが喉が渇いているはず。私のことを紹介しながら回ってくれて、そのたびにずっと話しっぱなしだったもの。……よし！

「副社長、何か飲みませんか？」

「いや、いい。その間に、緒方社長がひとりになるかもしれない」

こちらを見ることなく話す彼に、思わず言ってしまった。

「一度リセットすることも、大切だと思いますよ！　それに、そんなに焦ってギラギラした様子でいたら、緒方社長も話したがらないのでは？」

「何？」

言ったあと、すぐに後悔する。

私ってば副社長を相手に、なんてことを言ってしまったのだろう。

当然、彼は鋭い眼差しを私に向けた。

けれど言ってしまったことは取り消せない。どうせ怒られるなら、思っていることをすべて伝えてから怒られようと開き直り、副社長と向き合った。

「無知だからこそ言わせていただきます！　相手は人間です。誰だってイライラしている人に声をかけられて、嬉しいとは思わないのではないでしょうか？　ですから、ここは一度、気持ちをリセットされたほうがよろしいかと思いました。……すみません！」

最後にギュッと瞼《まぶた》を閉じ、頭を下げた。

言いたいことを一気に口にし、先手とばかりに謝罪する私。自分でもバカだと思う。それでも伝えたかった。だってもったいないと思うから。

副社長は誰よりも仕事に真摯に取り組んでいるのに、誤解されているなんて。気持ちを少し変えるだけで何かが変わるかもしれないからこそ、余計に。

副社長が普段、クライアントとどう接しているのかわからないけれど、さっき紹介してもらったのは、代表とも顔見知りのお得意様で、副社長のことをよく理解している人ばかりだった。だから、多少許されるところもあるのかもしれない。

でも、これが初対面か、副社長のことをあまりよく知らない人だったら？　ニコリともしない彼に、好感を抱くとは到底思えない。

そう感じて、思わず口走ってしまったけれど……一向に何も言ってこない副社長に、変な焦りを覚える。

あぁ、これはもしや、やってしまったかな？と。どうする？　せっかく褒めてもらえたのに、副社長からクビを言い渡された第一号秘書にでもなったら……。

怖くてうつむいていると、副社長は「顔を上げろ」と言ってきた。

本当はこのままずっと顔を伏せていたいところだけど、そうはいかない。恐る恐る彼を見上げると、副社長は怒っているどころか、どこか照れ臭そうにそっぽを向いていた。

意外すぎる姿に目を白黒させていると、彼はぶっきらぼうに言った。

「帰りは車を運転するから、ノンアルコールの物を頼む」

「え……」

ポカンとしていると、副社長はチラッと私を見た。

「お前が言ったんだろ？　……ちょうど喉も渇いていたんだ」

「副社長……」

この人は、なんて子供っぽくて不器用なんだろうか。思ったことを素直に言えない姿が、可愛く見えてしまうよ。

「わかりました、ノンアルコールですね！　すぐお持ちします‼」

「あぁ、頼む」

口調はやっぱりそっけないけれど、それは照れ隠しじゃないかと思う。だって今の副社長の頬は、ほんのり赤く染まっているから。

頬が緩みそうになるのを必死にこらえながら、飲み物を配り歩いているボーイを探す。少し離れた場所に見つけて駆け寄り、ノンアルコールのシャンパンをふたつもらい、副社長のもとへと向かったものの……。

「あれ……え、嘘⁉」

目の前の光景に足が止まる。だって、あれほど挨拶できずにいた緒方社長と副社長が、話をしていたのだから。

壇上で挨拶した時のような笑顔の緒方社長に対して、副社長の表情は硬い。

そんな姿に、心配でたまらなくなる。戻っても邪魔になるだけだし、ここは遠くから見守るべきなのかもしれないけど……。

手にしていたシャンパンふたつを、じっと見つめる。

私が割って入って、ふたりにこのシャンパンを渡して……。そうすれば副社長の表情も少し和らぐかもしれない。失敗ばかりの秘書だって副社長も認識しているだろうし、話していることに気づきませんでした、で通るよね？

意を決して、再び歩を進めていく。自然に入って渡して……と頭の中で何度もシミュレーションしながら近づいていくと、周囲をよく見ていなかった私は横から来た人とぶつかってしまった。

「キャッ⁉」

「っと、失礼」

ぶつかった男性はどうやら電話がかかってきたのか、スマホを片手にドアのほうへと走り去っていく。

けれど、男性にぶつかった弾みで私の身体は、バランスを失う。

「わっ、わっ⁉」

「嘘でしょ⁉　わっ、わっ！」

慣れないピンヒールに、身体を大きく揺らしながらどうにか踏ん張るものの……保つことができず、前方に倒れていく。手にしていたグラスをふたつ、宙に舞わせながら……。

ドテッとうつ伏せに倒れ、次の瞬間、全身は激しい痛みに襲われた。頭上にも痛みと同時に冷たい感触が……。

「痛っ……冷たっ⁉」

前髪から垂れる水滴を拭《ぬぐ》うと、手離したシャンパンの入ったグラスがひとつ、目の前に転がっていた。どうやら、それが見事に頭に当たったようだ。私はまるで潰れたカエルのようにお粗末な姿で、床に倒れ込んでしまっていた。

恥ずかしさを胸に、起き上がろうとするものの……。絨毯《じゅうたん》が敷かれているとはいえ、膝を床に強打してしまい、ジンジン痛む。

すると、周囲が異様にシンと静まり返っていることに気づいた。

あれ？　私、確かグラスをふたつ持ってたはず。ひとつは目の前にあるけど、もうひとつは……？

嫌な予感がする。

恐る恐る顔を上げると、もうひとつのシャンパングラスは、緒方社長の足元に転がっており……。

さらに顔を上げていくと、びしょ濡《ぬ》れ頭の緒方社長が放心状態で私を見据えていた。

サッと血の気が引いていく。

たっ、大変なことをしでかしてしまった‼

膝の痛みなど忘れ、急いで立ち上がる。

「あっ……」

けれどすっかりパニックになり、オロオロするばかり。

その時だった、会場内に響くほどの大声で、副社長が頭を下げたのは。

「申し訳ございません！」

彼の声で我に返る。

そうだよ、何やっているの。オロオロしている場合じゃない！

「大変申し訳ありません！」

私も副社長に続き、頭を下げる。

すると副社長は、腰を屈めたまま謝罪の言葉を繰り返した。

「私の秘書が大変なご無礼を……。本当に申し訳ありません！　すべて私の責任です。洋服はすぐにクリーニングして、着替えも私のほうでご用意させていただきます」

どうしよう、大変な迷惑をかけてしまった。交渉も不利になる。副社長の足を引っ張ってしまった。完璧な副社長に恥をかかせて謝らせて、何が秘書よ。

これまで何度もいろいろとやらかしてきたけれど、ここまで自分に嫌気が差すことは初めてで、目頭が熱くなる。

副社長に恥をかかせるために、今日来たんじゃない。少しでも力になりたくて、やれるだけのことをしたかったからだ。なのに、やる気を出すといつもこう。失敗して、悪い結果になってしまうんだ。やっぱり私はダメな人間なんだ。どんなに頑張っても、最後にはこうなってしまう。頑張ろうと思えば思うほどに。

そんな自分が情けなくて、涙が溢《あふ》れそうになった時、シンと静まり返っていた会場内に突如、緒方社長の笑い声が響き渡った。

思わず視線を上げると、副社長も同じく顔を上げ、額を押さえながら大笑いしている緒方社長を呆然と眺めていた。

え、どうして緒方社長が笑っているの？　普通は怒るところじゃないの？　……どうして？

頭の中はハテナマークで埋《う》め尽くされていく。

すると緒方社長は笑いをこらえながら、私を見据えた。

「いやー、まさかリアルにゲームのキャラのようなドジッ子と遭遇できるとは思わなかったよ。目の前で転んでシャンパンをかけられるとか……ダメだ、面白すぎる」

そう言うと、緒方社長はハンカチを取り出して私に差し出してくれた。

「どうぞお使いください」

「あ……すみません」

混乱しながらも受け取ると、緒方社長はニッコリ微笑んだ。

えっと……とりあえずお怒りではないのかな？

少しだけ安心すると、緒方社長は大きく深呼吸をしたあと、今度はまっすぐ副社長を見た。

「それに、いつもすました顔の一之瀬副社長の、意外な一面も見られましたしね。驚きましたよ、あなたでも焦って大きな声を出したり、誰かを庇《かば》ったり……。人のために、迷うことなく頭を下げることもできるんですね」

緒方社長に言われ、副社長は戸惑っている様子。

すると緒方社長は騒ぎを聞きつけ、駆け寄ってきたボーイからタオルを受け取り、髪や顔を拭いた。そして真剣な面持ちで続ける。

「着替えもクリーニング代も結構です。いいものを見せていただきましたので。その代わり、今度ぜひ、契約に向けていろいろとお話をお聞かせいただけますか？」

「え？」

緒方社長……『契約に向けて』ってことは、前向きに検討してくれるってこと？

まさかの話に副社長を見ると、彼もこれには驚きを隠せない様子で、瞬《まばた》きもせず緒方社長を見つめていた。

「正直、今まではあなたからうちと契約したいという熱意が伝わってきませんでした。それはいつもあなたが無表情で、淡々とプレゼンされていたからかもしれません」

そう言うと、緒方社長は苦笑いした。

「すみません。普段パソコンばかり相手にしていると、どうも人との繋がりを強く求めてしまうんですよ。一緒に仕事をするなら、熱い思いをぶつけてくれる人がいいと」

そうだったんだ、だから緒方社長は……。

パーティー中、副社長を避けていた理由に納得していると、緒方社長は続けた。

「さっき、一之瀬副社長が彼女と会話している時の表情を見て、驚きました。怒ったり照れたり……そんな表情もできるのですね。そして思いました。あなたは、ただ感情を表に出すのが苦手なだけなのかもしれないと。……それはどうやら、彼女の前では当てはまらないのかもしれませんが」

少しだけ口端を上げた緒方社長に、副社長は「そういうわけでは……」と言葉を濁した。

副社長が私にだけ感情を見せているだなんて……いやいや、そんなわけはない！

また違った意味でパニックになっていると、緒方社長は副社長に伝えた。

「日程は後ほど決めましょう。ですが、その際はぜひ、彼女も同席させてくださいね。できれば、また彼女のドジっぷりを見てみたいので」

「わかりました」

緒方社長はまっすぐ私のほうへ近づいてくると、一歩手前で立ち止まった。

「ぜひ、あなたのお名前をお聞きしたいのですが」

「えっ、あっ……小山菜穂美と申します」

そう答えると、緒方社長は満足げに笑った。

「小山さん、ですね。今後長い付き合いになると思いますので、ぜひともよろしくお願いいたします。……もしかしたら、あなたをモデルにしたヒロインのゲームを開発させていただくかもしれません」

「えっ⁉」

私をヒロインのモデルに⁉

ギョッとすると、緒方社長はまたクスクスと笑った。

「冗談ですよ。……でも、世の中何がウケるかわかりませんからね、実現するかもしれません。なので、どうぞお見知り置きを」

そう言って、なぜか私の右手を取った緒方社長は、あろうことか私の手の甲にそっとキスを落とした。

「……っ⁉」

その行為に周囲にいた女性からは、悲鳴にも似た声があがる。

一方の私はというと、びっくりしすぎて微動だにできずにいた。

そんな私を見て、緒方社長は目を細めた。

「それでは、また近いうちに」

耳元に顔を近づけて囁くように言うと、足早に去っていく。

びっくりだ。まさかあんな漫画のようなことを、私がされるとは。普通の男性は、そんなこと絶対しないはず！

緒方社長の後ろ姿を見つめたまま、右手を左手でギュッと握りしめる。

「言っておくが、緒方社長は既婚者だ」

「へ？　……わっ⁉」

いつの間にか隣に来ていた副社長は、なぜか不機嫌そうに刺々《とげとげ》しく言ってきた。

「ただのリップサービスだ。……真に受けるなよ」

「もっ、もちろんです！」

ちょっと副社長ってば、失礼じゃない？　手の甲にキスされたからって、私がコロッと緒方社長に落ちてしまうとでも思っているのだろうか。悪いけど、そう簡単に人を好きになることなんてできないから。

ふと、過去のことが頭をよぎる。

……あんなことがあった手前、恋をすることに臆病になっている。

昔の古傷に胸がズキッと痛んでしまい、奥歯をギュッと噛みしめる。

「おい、目的も達成できたし、帰るぞ」

「え、もうですか？　って副社長⁉　ちょっと！」

彼はなぜか、いきなり私の背中に腕を回し、もう片方の手を膝裏に入れると、軽々と私を抱き上げた。

突然宙に浮いた身体。感じる視線。……そして嫌でもわかる彼の温もりに、動揺を隠せない。

「おっ、下ろしてください！」

すぐさま抗議するも無視され、副社長はドアのほうへとスタスタと歩を進めていく。

おかげでますます視線が集中し、恥ずかしくなって彼の胸元に顔をうずめた。

何これ。どうして私、副社長にお姫様抱っこなんてされているの？　恥ずかしすぎて死にたい。これはあれですか？　やらかしてしまったことに対しての罰《ばつ》ですか？

そんなことを考えていると、副社長は前を見据えたまま話しだした。

「足……大丈夫か？」

「え？」

「膝。……さっき、痛めたんだろう？」

キョトンとする私を、チラッと見る副社長。

もしかして副社長、私の足を心配して抱き上げてくれているの？　……やだ、何それ。胸キュンなんですけど。

瞬きもせず副社長をじっと見ていると、彼は今度は私を目でしっかりと捕らえて再び口を開いた。

「正直、驚いている。まさか緒方社長があんな風に思っていたことに。……ずっと仕事だけは完璧にしてきたつもりでいた。だが、それはとんだ思い違いだったようだ」

「副社長……」

パーティー会場をあとにし、廊下を歩いていく。そしてエレベーターホールに辿り着くと、彼は初めて私に笑顔を見せた。

「それに気づけたのは、癪だがお前のおかげだ。……ありがとう」

「……っ」

かぁっと身体中が熱くなる。だってあまりに副社長が優しく笑うから。

初めて見た副社長の笑顔に、心臓が鷲《わし》づかみにされる。それから車まで副社長に抱えられたまま、ずっと胸を苦しくさせていた。

任務その7『副社長の意外な一面は、自分だけの秘密にせよ』

副社長とリバティの発売記念パーティーに出席してから早二週間。

パーティーに出席していた取引先の人から聞いた社員によって、あの日の一部始終があっという間に社内中に知れ渡ってしまった。

おかげで、私は社内ですっかり有名人となっていた。

「ねぇ、あの人でしょ？　副社長が庇った人って」

「しかもお姫様抱っこまでされたんでしょ？　何、その夢みたいなシチュエーション！　うらやましい～」

「え、たいして可愛くないくせに、どうして彼女が副社長の秘書なの？」

「あの人、仕事全くできないんでしょ？　それなのに、どうしてクビにされないわけ？」

社内を歩けば、何かしら女性社員にコソコソ話される。その内容は羨望めいたものから、嫉妬《しっと》が入り交じったものまで。

「そりゃ、当たり前じゃな〜い！　何よ、社内一人気の副社長が、とんでもないことをやっちゃった菜穂美に代わって頭を下げてくれて、怪我したからってお姫様抱っこして車まで運んでくれた⁉　まさかリアルな世界で、そんなことをやっちゃうメンズがいるとはっ……！」

この日の夜、紗枝とやってきたのはいつもの焼き鳥屋。ここ最近、ふたりで食事に行くと、話題は決まって副社長のことだった。

注文を済ませて料理や飲み物が運ばれてきた今も、紗枝はまた、副社長がどれだけゲームキャラにそっくりかと力説してくる。

「本当、私も見たかったなぁ、ドジッ子菜穂美がド定番なコケ方して、シャンパンを自分にだけでなく、見事に取引先の社長にまでぶっかけたところ」

そこまで言うと、紗枝は「クククッ」と声を押し殺して笑った。

「もう、何回笑えば気が済むのよ！」

「だって〜！　夢にも思わないいじゃない？　いくら菜穂美のキャラを知ってても、まさかパーティーの席でそこまでド派手なことやっちゃうとか……！」

紗枝は、机をバンバン叩いて笑っている。

恨めしくなって、彼女を睨む。

この前のエピソードを噂で聞いた紗枝は、私をすぐに問いつめてきた。『一体どういうことなの？　何があった⁉』と。

すごい剣幕で迫られて答えないわけにはいかず、一部始終を話したわけだけど……。

紗枝は今みたいにお腹を抱えて笑いだしたのだ。それは二週間経った今も変わらず。

しばし彼女の笑いが収まるまでビールをチビチビ飲んでいると、やっと落ち着いたのか大きく息を吐き、一度喉を潤した。

「それで、テンパる菜穂美より先にあの副社長が頭を下げたんでしょ？　あーあ、そんなゲームのような出来事、ぜひ目の前で見たかった。……ねぇ、菜穂美。うちの会社に取引先の人が来た際、また豪快に何か失敗してよ」

「なっ……！　バッカじゃないの⁉　そんなこと、できるわけないでしょ⁉」

ただでさえ、あの日の失敗を思い出すと、今でも胸が痛むというのに。二度と同じ過ちを犯してなるものか！

ツンとはねのけ、グラスに残っていたビールを一気に飲み干し、近くにいた店員さんにおかわりを注文した。

「えぇ〜、ケチ」

「ケチで結構！」

料理をパクパクと口に運んでいく。

「まぁ、きっと菜穂美のことだから、こっちが頼まなくても今後もいろいろとやらかしてくれるだろうけど」

ニヤリと笑う紗枝に、口にしていた物を噴き出しそうになり、慌てて紙ナプキンで口元を押さえた。

「失礼な！　……もう失敗なんてしないから」

というか、したくない。せっかく副社長の秘書として仕事をさせてもらえているのに。この前はたまたまピンチがチャンスに変わっただけ。あんなこと、滅多にないミラクルだ。

「あーあ、一度でいいから見てみたいなぁ〜。副社長、どんな顔で謝ったり、菜穂美を抱っこしたんだろう。想像できないから余計に妄想をかきたてられるわ！」

どんな顔で……？　あの日の副社長を思い出すと、今でも胸がトクンと鳴る。

私を庇ってくれた時、お姫様抱っこをしてくれた時。……そしてエレベーターホールで笑顔を見せてくれた時。初めて見る一面に、私の胸はドキドキしっぱなしだった。

それに、実は紗枝には話していないけれど、あの日の話には続きがあるんだ。私が誰にも話したくないほど嬉しくて、ドキドキして……。そして、胸がギューッと締めつけられてしまったことが。

一方的に話しかけてくる紗枝の言葉に耳を傾けながら、思い出してしまうのはあの日、ホテルを去って車に乗ってからのことだった。

＊　＊　＊

抱き抱えられたままホテルの駐車場まで運んでもらい、彼の運転する車で自宅まで送り届けてもらうことになった。行きとは違い、副社長に聞こえるんじゃないかってくらい心臓が早鐘を打ち続けていた。

副社長は他人の運転する車に乗るのは好きじゃないようで、仕事で外出する際も運転手をつけることなく、この日も彼が運転してくれたわけだけど……。運転手さんがいたほうがよかった。密室空間でふたりっきりはきつい。私が副社長のことを意識しているからこそ、余計に。

ただひたすら前を見つめ、ナビに映し出される自宅までの残り時間を気にしてしまう。副社長も口を開くことなく、運転に集中しているから、なおさら気まずく感じる。

そんな沈黙の時間が流れていくと、やっと見覚えのある場所までやってきた。

あぁ、よかった……！　やっと我が家に着く。ここまで来たら、もう自宅アパート前まで送ってもらわなくても、この辺で降ろしてもらってもいいよね。

ドキドキしていることに気づかれたくなくて、早く車から降りたいとひたすら願っていると、まるで私の願いが通じたかのように、副社長は急にハザードランプを点《つ》け、路肩に車を停車させた。

あれ、これはもしや、ここで降ろしてくれるってこと？

お礼を言おうと運転席の副社長を見ると、思わず「どうしたんですか⁉」と声をあげてしまった。

だって副社長、ハンドルにもたれかかっていたから。

「副社長⁉　気分が悪いんですか？」

突然車を停めたのは、体調が優れなかったから？　とにもかくにも慌てて彼の身体を揺すったものの……顔を覗《のぞ》き見ると、彼は必死に笑いをこらえていた。

「ククク ッ……ダメだ。思い出したらおかしくて運転に集中できない」

「……えっと、副社長？」

これまた初めて見る表情に、目が点になる。

そんな私をよそに、副社長は大声で笑いだした。

「アハハッ！　お前がトラブルメーカーだってことは、面接の時から知っていたが、まさかあそこまでとは……！」

「え……えっ⁉」

目の前にいるのは副社長のはずなのに、どうしてもいつもの彼と同一人物だとは思えない。だって、こんなに大笑いする副社長の姿なんて想像さえもできなかったから。

ひたすら呆然と副社長を見つめていると、彼は口元を押さえながら面白そうに話を続けた。

「普通、あんな綺麗な弧を描かせて、グラスを緒方社長にクリーンヒットさせるか？　しかもコントみたいに、もうひとつはお前の頭上に落ちるし。そのうえ緒方社長に笑って許してもらえて、契約まで前向きに検討してもらえるとか、漫画みたいな展開を誰が想像できる？」

……と言われましても、私だって副社長と同じことを思っていますから。想像さえもできなかった。あんな、最悪のピンチがひっくり返るだなんて。

そこまで話すと、副社長はやっと落ち着いたのか、深呼吸をした。

「だが結果オーライだったからよかったものの、普通はこんなことあり得ないからな？」

「……はい」

それはもう、重々承知しております。たまたまスーパーラッキーだっただけだと。

意気消沈すると、副社長は「フッ」と笑みをこぼしたあと、両腕を組んで座席の背もたれに体重を預けた。

「まさか夢にも思わなかったよ。お前に助けられる日が来るとは。緒方社長にうちとの契約を前向きに検討してもらえたのは、間違いなくお前のおかげだよ。……ありがとう」

「やだ、そんな副社長……！」

あろうことか、副社長が私に向かって頭を下げたものだから、声をあげてしまう。

そして、ゆっくり顔を上げた彼は目を細めた。

いつもより甘さを含んだ瞳に、嫌でも胸は高鳴り、彼から視線を逸らせない。

すると、副社長は私を見据えたまま言葉を紡《つむ》いでいった。

「俺は幼い時から、ずっと父さんの背中を見て育ってきた。……長男として生まれ、物心つく頃には、父さんの会社を継ぐことが将来の夢になっていたんだ」

私は口を挟《はさ》むことなく、副社長の話に耳を傾けた。

「けれど大きくなればなるほど、不安になるばかりだった。父さんは昔からあんな感じの人だったから。いくら仕事がデキたって、私情で田中さんや社員に迷惑かけて、なのにご愛嬌《あいきょう》で許されて。……だからこの会社に入った時に、俺は絶対、父さんみたいにはならないと強く誓った」

そう、だったんだ。だから、会社では常にポーカーフェイスだったの？

「仕事はもちろん、副社長としてしっかり業績を挙げて、若いからといってナメられないように振る舞わなきゃって必死だった。でも、それは大きな間違いだったようだな。感情を表に出さず、いつも冷静でいるのがいいと思っていたけれど、経営者は父さんみたいな人のほうがいいのかもしれない。言いたいことを言って、だけどその分、しっかり仕事をするからこそ、部下がついてくるのかもしれない」

自嘲ぎみに笑う彼に、胸がギュッと締めつけられて苦しくなる。

私……入社当時からずっと副社長のことが苦手だった。笑わない人で怖いイメージがあったし、イケメンで女性人気の高い男性を見ると、あの人のことを思い出してしまうから。

でも、本当の副社長は私がミスしてしまった時、真っ先に私を庇って謝ってくれた。声をあげて大笑いして、今のように悲しげに瞳を揺らしたりもする。

ポーカーフェイスじゃなく、本当は誰よりも感情豊かだ。それを隠していただけ。

会社のことを考えて、そんな風に振る舞ってしまう、真面目な人――。

副社長のことを知れば知るほど、『嫌い』『苦手』と思っていた気持ちは薄れていく。

そして弱音を聞かされたからこそ、言わずにはいられなかった。

「私は、今の副社長についていきたいと思っていますよ」

「……え?」

昔から失敗ばかりだった。だからこそ、今の副社長の気持ち……わかる気がする。

自分なりに一生懸命頑張ってきたつもりなのに、結果に結びつかない。それがどれほどつらくて悲しいことか、誰よりもわかっている。だからこそ、彼に伝えたい言葉がある。

「副社長の秘書になってまだ一ヵ月程度ですが、こんな私でもわかります! 副社長がどれほど仕事に真摯に取り組まれているかを。……それに代表ひとりで今の我が社があるとは思えません! 副社長の力があってこそですよ‼」

「小山……」

私はいつもミスばかりしてきたけれど、それまでの努力だけは認めてほしかった。結果じゃない部分も見てほしかった。だから、副社長の頑張りも、私だけは理解していたい。

瞬きもせず私を凝視してくる彼に、元気を出してほしくて必死に言葉を羅列する。

「秘書だって必要ないと突っぱねてこられたようですが、本当は必要としていたんじゃないですか？　ただ秘書という仕事がどれほど大変で重要なことかを理解してほしくて、あの分厚いファイルを作ってくれたり、わざと厳しく突き放したりして、それでもついてきてくれる人を待っていたんじゃないですか？」

「それは……」

途端に目を泳がせて言葉を濁した彼に、図星なのだと確信した。

「副社長は不器用すぎます！　だったら最初からそう言えばいいじゃないですか‼　そうしたら、きっと私なんかより優秀な秘書がついていましたよ。それに仕事がデキても、副社長まで代表のように本能のまま動かれては、私たち社員が困ります‼　結構、皆振り回されているんですよ。代表のようなお方は、会社にひとりで充分だと思います」

そうだよ、最初から秘書に副社長自身の思いを伝えていれば、ものすごく優秀な人が今でも辞めずに、彼にずっとついていたに違いない。

そんな思いで必死に伝えたものの……副社長は私の話を聞いて目をパチクリさせたあと、また声をあげて笑いだす。

「え……なっ！　副社長!?」

私、副社長を面白がらせるようなことなんて、何ひとつ言ったつもりはないのに。

わけがわからず放心状態の私に、副社長は笑いをこらえながら話してくれた。

「悪い……ただお前、結構言うな。父さんのこと、けなしすぎだろ。聞いたら泣くぞ」

「あっ！　そんなけなしているつもりは──」

慌てて弁解するも、副社長に「いいよ、本当のことだから」と遮られてしまった。

「そうだよな、俺まで父さんみたいになってしまったら、社員に迷惑がかかってうちの会社潰れるな。……でも、まさかそこまではっきり言われるとは思わなかったよ」

「……すみません」

必死だったとはいえ、さすがにマズかったよね。

謝るものの、副社長は首を左右に振った。

「俺……会社に入社してから、一度も感情を表に出していない。最初は意識してやっていたけど、いつの間にかそれが自然になっていたんだ。……だけど、お前を見てるとそれが崩れちまう。だって夢にも思わないだろ？　緊張していたからとはいえ、面接でまるで漫画みたいに豪快に転びやがって。おかげで噴き出しちまったよ」

「……え？」

嘘、副社長が？　この前、田中さんにも聞かされたけれど、まさか本当だったたなんて。大笑いする副社長を目の当たりにした今、ようやく信じることができた。

「それを田中さんに見られて、父さんに告げ口されて。お前が俺の秘書になるって聞いた時は焦ったよ。お前のトラブルメーカーぶりは噂で聞いていたからさ。……俺、そういうの弱いんだよ、すぐ笑っちまう」

「フッ」と笑みをこぼす副社長に、複雑な気持ちになるばかり。会社では全く笑わない副社長にそう言ってもらえて、喜ぶべきなのかどうなのか……。

「おまけに初日から盗み聞きして、田中さんを巻き込んで派手にすっ転び、ストッキングにデカい穴空けるし。しかも二回目とか……。あの時、笑いをこらえるのに必死だったんだぞ」

「……まさか」

信じられなくて、目を大きく見開く。

「本当だから。俺……お前の言動がツボなんだよ」

ハニカミながら話す彼の姿に、胸がキュンと鳴ってしまった。なっ、何これ……！

どうして私、ここで胸キュンしちゃうわけ⁉　意味がわからない！

「だから、お前が秘書に就くことに反対したんだ。失敗されるたびに噴き出していたら仕事にならないし、部下に対しても威厳を保てなくなるだろ?」

彼はふわりと笑い、吐息交じりに呟いた。

「でもお前を秘書につけてもらえてよかったと、今なら言える」

「副社長……」

彼の言葉が胸の奥深くにまで突き刺《さ》さり、痛いくらい締めつけられていく。

嬉しい。……副社長にそんな風に言ってもらえるなんて。だけど、なぜだろう。嬉しさだけじゃない。もっと上の、満たされるっていうか、幸せっていうか……。

よくわからないけれど、普段の喜びとは比べ物にならないほどの思いが込み上げてくる。

「お前の言う通り、これからも俺らしく頑張ってみるよ。……その分、お前にもしっかり仕事してもらうからな」

「はっ……はい!」

それはもちろんです‼

副社長はまた笑みをこぼし、「ほどほどに頼む」なんて言うと、私の自宅まで送り届けてくれたんだ。

＊＊＊

あの日はたくさん笑ってくれたのに、次の日からはいつもの彼に戻ってしまった。

やっぱり会社では無表情で、部下に淡々と指示をしている。

でも私とふたりっきりだと、少しだけ彼のまとう空気が変わる。柔らかくなって、以前よりもだいぶ話しやすくなった。

きっと、この会社で副社長の意外な一面を知っているのは、私だけ。胸をギュッと締めつけられるほどの笑顔を見たのも、私だけ。そう思うと、紗枝にさえも内緒にしておきたいと思ってしまったんだ。

「ねーねー、副社長がプレゼントしてくれたっていうドレス、今度見せてよ」

「あ……うん、いいよ」

紗枝の言葉で我に返り、慌てて返事をした。

そうなのだ。パーティーに着ていったドレスやその他もろもろ代は、副社長に返すと言ったのに、頑《かたく》なに拒否された。

『お礼として受け取れ』と押し切られ、申し訳なく思いつつもいただいてしまったのだ。しっかりとクリーニングに出し、今は家のクローゼットにしまってある。

「じゃあさ、今日、今から見に行ってもいい？」

「今から⁉」

まさかのお願いにギョッとすると、紗枝は顔の前で手を合わせた。

「ついでに泊めて～！　なんか今日すっごい疲れちゃって、家に帰るの面倒になっちゃった。えへへ」

可愛く舌を出しておどける彼女に、呆れてしまった。

でも紗枝は実家暮らしで、片道一時間もかかる。だから私が引っ越してからうちに泊まることは何度かあり、お泊まりセットもちゃっかりうちに置いている。

「もう、仕方ないなぁ」

容認すると、紗枝は「ありがとう！　持つべきものは菜穂美よね」なんて調子いいことを言いだしたものだから、笑ってしまった。

その後、少しだけ焼き鳥屋で過ごし、私の自宅アパートへふたりで帰っていった。

任務その８『小さな独占欲の正体を把握せよ』

「うん、うまく生けられた！」

週明けの月曜日は、いつも朝一で花を生けることから始まる。普段より早い時間に出勤し、花を生けたり副社長室の掃除をしたり。静かなオフィスで黙々とこなしているると、彼が出勤してくる時間になる。

「おはようございます、副社長」

「おはよう」

実に彼らしく、新聞片手に出勤してきた。

「小山、コーヒーを頼む」

「はい」

出勤後、副社長は新聞を読みながらコーヒーを飲む。これも毎朝の日課だ。

副社長とパーティーに出席した日から、約一ヵ月が過ぎた。

秘書業務はちょこちょこミスしちゃっているけど、どうにかこなしている。

そしてあれほど社内で叩かれていた陰口も、三日前を機にぱたりとされなくなった。

それというのも三日前、副社長に頼まれた書類を営業部に持っていった時のこと。

「やぁ、小山くん、お疲れさま！」

受付のほうからやってきたのは、外出先から戻ってきた代表と田中さん。

「お疲れさまです」

立ち止まって丁寧に頭を下げると、なぜか代表は私の前でピタリと立ち止まり、ニコニコしながら眺めてきた。

「あの……？」

どうしたのかな？　もしかして今日の私、どこか変とか？　そんな不安が頭をよぎった時、彼はとんでもないことを大ボリュームで口走ったのだ。

「いや、我が息子の嫁は可愛いなと思ってな」

「……へ？」

よっ……嫁⁉　私が？　副社長の⁉

先ほどまで騒がしかったオフィス内は、代表のとんでもない発言に、一瞬にして静まり返った。

なのに代表は気にする素振りなど見せず、相変わらず「ガハハッ！」と豪快に笑うばかり。

「孫は女の子がいいな。和幸と小山さんの子供だ。絶対に可愛いと思わないか、田中」

とんでもない無茶ぶりにも、田中さんは焦る様子も見せず、淡々と述べた。

「それは同感です。きっと大変愛らしいお嬢様がお生まれになるかと」

「だろう～？　あぁ、楽しみだな！　孫をこの手で抱ける日が来るのが」

私を置き去りにしたまま、どんどん飛躍していく話に、開いた口が塞がらない。

「そんなわけで、今後も公私ともに和幸をよろしく頼む」

ポンと私の肩を叩き、颯爽と去っていく代表。

ふたりが代表室に入り、ドアが閉まると、オフィス内はどよめいた。

けれど、私は呆然と立ち尽くしたまま微動だにできない。

えっと……代表ってば、どうして急にあんなことを言いだしたの？　まさか社内で流れている噂を聞いて？

だとしたら、ちょっと安易すぎませんか？　パーティーに同行させてくれたのは仕事に有利に働くからだし、たまたま私がミスしたのを彼が謝ってくれて、怪我した私を気遣ってくれただけで……。たったそれだけで嫁？　孫⁉

この日の話は瞬く間に広がった。代表が認めているのが決定打だったのか、女性社員たちからの陰口は一切なくなった。でもその分、皆の私に対する態度はよそよそしくなり、何かと顔色を窺われる始末。

陰口を叩かれなくなったのはよかったけど……果たしてあんな嘘が社内中に広まって、本当によかったのかどうか。嘘だとバレたら、私は……？　考えただけで身震いするばかりだった。


「だったら、噂を本当にしちゃえばいいじゃない！　副社長と結婚しちゃえばいいのよ！」

「『いいのよ』って……。できるわけないでしょ⁉」

この日の昼休み。紗枝とやってきたのは、いつもの飲食店街。今日はお互いがっつり食べたい気分で、ハンバーグ専門店を訪れていた。

チーズインハンバーグとライスを注文し、頬張っていると、紗枝はおかしそうに言った。

「でも、代表って面白い人よね。息子本人から聞いたわけでもないのに、菜穂美のこと『嫁』って呼んだり、孫を期待しちゃうとか」

クスクスと笑う紗枝にすかさずツッコんだ。

「もう、こっちは笑えないから」

そうだよ、私と副社長が結婚だなんて冗談はやめてほしい。副社長は全く気にしていないようだけど、噂を耳にするたびに気が重くなる。彼とは結婚どころか、付き合ってもいないのに。

嘘がバレたらどうなる？　代表はどう思う？　あぁ、ダメだ。想像するだけで恐ろしい。

恐怖を払拭するように、大きく切ったハンバーグを頬張った。

「えー、でも実際問題どうなのよ」

「どうなのよって……何が？」

モグモグしながら首を傾げると、紗枝はニヤリと笑った。

「それはもちろん、菜穂美の気持ちよ。ほぼ一日中一緒にいて、副社長のことを好きになったりしないの？」

「は……はぁ!?」

まさかの話に、声をあげてしまう。

私が副社長のことを……？　確かにあの夜のことを思い出すと、胸が苦しくなるけれど、やっぱり考えられない。私が彼を好きになるなんて。

「なっ、ないから！　そんなこと！」

否定するものの、紗枝はいまだにニヤニヤしたまま。

「えぇ〜本当にぃ？　でも菜穂美は好きじゃなくても、副社長は違うかもしれないじゃない？　だって菜穂美、副社長の秘書として最長期間を更新しているし」

「いや、だからっ――」

弁解しようとしたけれど、紗枝は前のめりになり、私の声に被せて聞いてきた。

「じゃあ、もし副社長に『結婚してくれ』ってプロポーズされたら、どうするの？」

「プッ、プロポーズ⁉」

「そう！」

人差し指を立てて尋ねてきた紗枝。

どうもこうも、そんなことあり得ない。

でも、もしされたら……？　想像しただけで、胸が痛くなるのはどうしてだろうか。

私……もし、副社長にプロポーズされたら、嬉しいと思ってる？

だって副社長、イメージとは違ったから。会社での立ち居振る舞いには彼らしい真面目な理由があったわけだし。本当は、優しい一面もある。普通に笑うし、そんな顔も素敵だし……。

そこまで思いを巡らせてハッとする。もしかして私、副社長に惹かれているのかもしれないと。

じわじわと押し寄せてくる感情に戸惑っていると、紗枝は私の様子を窺ってきた。

「私は恋愛で負った心の傷には、新しい恋が一番の特効薬だと思うけどな」

「紗枝……」

私の事情を知る紗枝は、眉尻を下げた。

「最低男のことなんて早く忘れて、幸せな恋愛しなよ。その相手として、副社長はすごくいいと思うけど？　真面目で誠実そうだし。まぁ、ちょっと気難しそうだけど」

言葉を濁した紗枝に、曖昧《あいまい》な笑みを浮かべることしかできない。

彼女の言っていることは正しいと思う。いつまでも大学時代のつらい恋愛を引きずっていたって、何もいいことなんてない。それこそ新しい恋をして早く忘れるべきだと思う。……でも、その一歩がなかなか踏み出せないんだ。

また同じ思いをして傷つきたくない。一度経験してしまった痛みだからこそ、臆病になってしまう。それでもこうやって前向きになれるよう、いつも声をかけてくれる紗枝の優しさは嬉しい。

「ありがとう。……でも、相手が副社長はないかな」

「えぇー、どうして？　玉の輿のチャンスじゃない！」

鼻息荒く力説する紗枝に、思わず苦笑い。

「だって副社長だよ？　私なんかじゃ釣り合わないよ。代表だって本気で言っているわけじゃないと思う。もっと見合った相手がいるだろうし」

年中トラブルばかり起こしている私が、相手にされるわけがない。おまけにこれといって特技があるわけでもないし、容姿だって人並み。そんな私が副社長のような、イケメンで仕事もデキる御曹司の恋愛対象になんて、なるわけがないんだ。

そうだよ、彼を好きになったって、私の気持ちは報われることはない。昔とはまた別の、失恋という傷を負ってしまうだけ。だったら気持ちを消さないと。副社長にこのまま惹かれて、好きになってしまったら大変だもの。

少しだけ芽生えた恋心を必死に打ち消そうとしながら、紗枝と昼食を済ませ、オフィスへと戻った。


「小山、そろそろ出るが行けるか？」

「はい、大丈夫です」

午後の業務が始まって三十分。今日はこれからリバティへ新規契約の交渉に行く予定だ。あのパーティーの日以降、緒方社長も副社長も予定が詰まっており、なかなか合う日がなかった。やっと今日の午後、打ち合わせが決まったのだ。

実は二週間前から、副社長は自分のスケジュールを私に教えてくれるようになった。

もちろん管理を完全には任せられないとはっきり言われ、私はただ副社長のスケジュールを知っているだけに過ぎないけど。

それでも最初に比べたら大きな進歩だ。パーティーで挨拶した取引先には同行させてくれるようになったし、少しは秘書らしくなってきていると自分では思っている。

今日だって一緒に行かせてもらえて嬉しく思う。

用意しておいた資料をバッグに入れ、待っていてくれた副社長ともに、部屋をあとにした。

オフィスに出ると、嫌でも感じる視線。ひとりの時より、副社長と一緒にいる時のほうがより顕著だ。代表の一件があってからは特に。

気にしていない素振りをしながら、エレベーターホールのほうへ向かっていると、代表と田中さんがオフィスに入ってきた。

うっ……！　これはなかなかバッドタイミングかもしれない。

予感は見事に的中し、代表は私と副社長の姿を捕らえると硬い表情を崩した。

「おぉ、お疲れ」

「お疲れさまです」

私はすかさず挨拶を返したものの……。

足を止めた代表とは違い、副社長は軽く頭を下げてそのままスタスタと代表の横を通り過ぎていく。

「ふっ、副社長⁉」

これにはさすがに声をあげると、副社長は面倒臭そうに大きなため息をつき、呆れ顔で私を見た。

「これから大切なプレゼンがあるんだ。代表にかまっている時間なんてないから」

「で、ですが……！」

さすがに挨拶すらしないのは、マズいのでは？

そう言おうとした時、代表は私たちを見てとんでもないことを言いだした。

「ん？　君たち夫婦はどこか外出かな？　それともデートかい？」

「はっ⁉」

「えっ⁉」

綺麗に声をハモらせた私たちに、代表はにんまり顔。

「いや～さすが夫婦！　息もぴったりだ‼」

そしていつものように「ガハハッ」と威勢よく笑う代表に、オフィス内はざわざわと騒がしくなる。

あぁ、これじゃますます噂されちゃうじゃない。ひとりハラハラしている私とは違い、副社長は『勘弁してくれ』と言いたそうに肩を落とした。

「代表、いい加減にしてくださいませんか？　僕と彼女はそういう仲ではありませんから」

副社長がきっぱり断言してくれたというのに、代表はいまだにニヤニヤしている。

「何を言っている！　こっちにはしっかりネタが上がっているんだぞ！」

「なんですか、ネタって。どこかのゴシップ記事ばかり狙う三流記者じゃあるまいし」

副社長は相変わらず父親である代表に対して容赦ない。聞いているこっちがハラハラする。

「俺は知っているんだぞ？　お前……彼女のミスに対して率先して謝ったり、怪我をした彼女をお姫様抱っこしたそうじゃないか。父さんは聞いた時、とてつもなく驚いたぞ！　人に頭を下げることを誰よりも嫌い、女性に興味がなく勉強ばかりだったお前がっ……」

流してもいない涙をオーバーに拭おうとする仕草《しぐさ》に、呆気に取られる。

だけど、えっと……代表の話は本当なのだろうか？

イマイチ信じられなくて、副社長の様子をチラッと窺った瞬間、目を疑った。

「え、副社長……？」

思わず声を漏らしてしまう。だって副社長……耳を真っ赤に染めて照れていたから。

視線が釘付けになっているのは私だけではなく、代表に田中さん、そしてオフィスにいた社員もだった。

一瞬だけ静まり返ったオフィス内。

その空気を打破したのは、代表の笑い声だった。

「アッハハハハッ！　なんだ和幸、図星か⁉　これは驚いた！　お前が耳まで真っ赤になるとはな！　ダッ、ダメだ、腹が痛い。帰ったら千和《ちわ》に報告しないと……！」

お腹を抱えて笑い続ける代表に、副社長は拳をギュッと握りしめ、怒りからか小刻みに身体が震えている。

どっ、どうしよう。これ、どうしたらいいの？

収拾がつかない状況を救ってくれたのは、やっぱり田中さんだった。

「失礼ながら、代表こそいつも感情がダダ漏れですよ。よく代表も、奥様である千和さんとご結婚なさる前は、何かいいことがあるたびに見ているこっちが目をつぶってしまいたくなるくらい、だらしない顔をなさっていたではありませんか。喧嘩《けんか》された際は、代表室で本気で泣かれておりましたことを、私は鮮明に覚えております」

「おい、田中！　なんてことを言うんだ、お前は‼」

どうやら田中さんの話は本当なようで、ギョッとした代表はすぐに田中さんに詰め寄った。

「真実を申したまでです」

しれっと述べた田中さんに、代表はぐうの音《ね》も出ない様子。

するとあちらこちらで我慢できずに、噴き出す社員が続出。

……申し訳ないけれど、正直私も気を緩めたら、思いっ切り笑ってしまいそうだ。

そんな私の隣で、びっくりなことに副社長が「ククッ」と喉元を鳴らした。すぐに彼を見ると、口元を押さえ笑っている。

「代表も人のこと言えないじゃないですか。なんですか、母さんと喧嘩したぐらいで泣くとか」

愉快そうに笑うその姿に、誰もが視線を奪われる。だって社内で副社長が笑うなんて、初めてのことだから。

少しすると視線を感じ取ったのか、副社長はハッとし、大きく咳払いをした。

「すみません、これからリバティへ向かいますので失礼します。……行くぞ、小山」

「あ……はい！」

先に歩きだした副社長のあとを慌てて追いかけると、すぐに背後から代表の叫び声が聞こえてきた。

「嫁よー！　どうか今後も息子を頼む！」

歩を進めながら振り返ると、代表は満面の笑みで両手を大きく振って見送っていた。

「無視しろ。今度こそ本当に間に合わなくなる」

「は、はい」

すぐさま副社長に言われ、代表に向かって小さく頭を下げ、オフィスを去る。

ドアを閉めた瞬間、背後からどよめきが起こった。それはきっと、副社長が笑ったからだ。

今まで、社内では誰も副社長の笑った顔を見たことがなかった。おまけに自分にも他人にも厳しい人で、社員から恐れられていた。だから彼の笑顔は私だけの特別なものだったのに。

照れたり笑ったり。意外な一面があってそれがまたたまらなく素敵だってこと、社員皆にも知られてしまったんだ。

別に悪いことじゃない、むしろいいことだよね。これで社員皆の副社長に対する見方が変わってくると思うし、彼を慕う社員も増えるかもしれない。

それなのに、どうして私はそれが嫌なんだろう。副社長の笑顔を知っているのは、私だけでいい。照れたりする顔もすべて。身勝手にも、独り占めしたくなってしまったのはなぜ……？

私が副社長の恋愛対象になるわけがない、だから、好きになるわけにはいかないってわかっているのに。

リバティへ向かう車内で、彼に言葉を濁しながら「さっきのことは忘れろ」と照れ臭そうに言われ、ますます芽生えた小さな独占欲に、戸惑いを隠せずにいた。

任務その9『思いがけない再会に備えよ』

副社長が運転する車で走ること二十分。着いた先はオフィス街にある五階建てのビル。ここがリバティの本社だ。

「一之瀬様ですね、お待ちしておりました。ご案内いたしますので、少々お待ちください」

「ありがとうございます」

受付社員に案内された先は、一階にあるラウンジ。近代的な設計でオシャレな造りだ。来客用のテーブルや椅子もカラフルで、座り心地も抜群。

うちの会社のオフィスとはまた違った雰囲気に、ついキョロキョロしてしまう。

「おい、あまり見るな。みっともないだろう」

「す、すみません……」

グサリと心に刺さる冷たい口調に、シュンとなる。チラッと副社長の横顔を盗み見すると、凛とした顔に胸がトクンと鳴った。

ダメだ。私、やっぱり副社長にドキドキしてしまう。

先ほど抱いた小さな独占欲。車内で必死に気持ちを鎮めたものの、こうやって彼のカッコいい顔を見ると、簡単に気持ちを揺さぶられる。

好きになったって、報われないとわかっているのに。過去につらい思いをしたからこそ、今度は幸せな恋愛をしたい。好きになった人にも自分のことを好きになってほしいのに。

唇をキュッと噛みしめると、秘書の女性がやってきた。

「お待たせしてしまい、申し訳ありませんでした。ご案内いたします」

今は恋愛のことを考えている場合じゃない。今日は副社長にとって大切なプレゼンの日なんだ。迷惑をかけるようなことだけは、絶対にするわけにはいかない。

気持ちを入れ替え、副社長とともに緒方社長が待つ社長室へと向かった。


「お待ちしておりました、一之瀬副社長！　ご足労いただき、ありがとうございます」

「いいえ、とんでもございません。本日はお忙しい中お時間をいただき、ありがとうございます」

「いやいや、忙しいのはお互い様でしょう」

社長室に案内されると、すぐに緒方社長が笑顔で出迎えてくれた。そして握手をしながら挨拶を交わすふたり。こうやって見ると、とても親密な関係のようだ。

緒方社長も笑っているし、今日のプレゼンはいい結果が出るかもしれない。

副社長の一歩後ろで様子を見守っていると、副社長と挨拶を終えた緒方社長は、今度は私に握手を求めてきた。

「小山さんも、よく来てくださいました！」

「あ、いいえ、そんな……」

戸惑いつつも手を差し出すと、がっちり握られた。

「今日は、どうぞよろしくお願いしますね」

「は、はい」

ニコニコ笑顔の緒方社長に戸惑いつつも返事をすると、彼は満足そうに頷き、手を離してくれた。

すごいな、緒方社長。ただの秘書である私にも、ちゃんと挨拶をしてくれるなんて。

緒方社長に促され、部屋の中央にある応接席に、緒方社長と向き合うかたちで副社長と並んで腰かけた。

その間も緒方社長は私を見つめ、笑顔を向けたまま。

照れ臭くて視線を泳がせると、副社長が厳しい口調で言ってきた。

「小山、早く資料を」

「すみません、すぐに」

なぜかイライラしている雰囲気を感じ取り、慌ててバッグから持ってきた資料を取り出した。

緒方社長の秘書がコーヒーをテーブルに並べ、準備万端だ。

「こちらが資料になります」

しっかり準備してきた資料をテーブルに広げたものの……。

「小山……これは何かの冗談か？」

「え？」

副社長はテーブルに並べた資料を見ながら顔を引きつらせ、緒方社長は目を瞬かせている。

あれ？　私が持ってきたのは……ん？　ちょっと待って。よく見るとプレゼン用の資料ではなく……嘘でしょ⁉

「えっと……蕎麦《そば》屋？」

緒方社長が手に取り、読み上げているのは会社から出前を取る時のパンフレット。

それが、なぜここに⁉

慌ててバッグの中をもう一度確認するものの、用意したはずの資料がない。

どうしよう、誰か嘘だと言って！

もう二度と大きな失敗はしないとあれほど誓ったのに、どうして私はまた同じ過ちを繰り返してしまうのだろう。

ちゃんと確認したよね？　間違わずに持ってこようと入念に準備したよね？　それなのに、どうして？

不甲斐ない自分に嫌気が差していると、副社長は恐る恐る尋ねてきた。

「おい小山……まさかお前、プレゼン用の資料を……？」

最後まで言わないのは、副社長の優しさだろうか。

『そうです』と言うように瞼をギュッと閉じ、思いっ切り頭を下げた。

「すみません！　資料のほう……忘れてしまいました！」

潔く謝罪し、そろりと顔を上げると、ふたりとも瞬きもせず私を凝視していた。

けれど少し経つと、副社長は呆れた顔でボソリとツッコんできた。

「お前……ここで出前を取るつもりかよ」

その途端、緒方社長は声をあげて笑いだし、副社長は額に手を当てて深いため息を漏らした。

「アハハハッ！　まさか、ここまで期待を裏切らないドジッ子ぶりを披露《ひろう》されるとは。もしかして一之瀬副社長が僕を喜ばせるために、仕込んだんじゃないですよね？」

よほどツボに入ったのか、緒方社長は涙を拭いながらとんだ疑いを副社長にかけてきた。

「いいえ、違います！　私が間違って持ってきてしまったんです」

すぐさま弁解すると、副社長も頭を下げた。

「申し訳ありません。私のほうでも確認しておくべきでした」

あぁ、私ってば、また副社長に謝らせるようなことをしてしまった。何やってるのよ、本当に。後悔でいっぱいになる。

「いいえ、おふたりともお気になさらずに。それに失礼ながら、ちょっとこうなることを期待していたんですよ」

「え？」

意味がわからず副社長とともに緒方社長を見ると、彼は微笑んだ。

「小山さんがこんなドジをやってくれたら嬉しいなぁと思っていたので、実現していただけて光栄です。それに、一之瀬副社長から事前に資料を送っていただいておりますので、内容のほうは充分把握させていただいております。なので、今日はプレゼンをしていただく……というより、契約に向けてのお話をさせていただきたいと思っています」

「緒方社長……」

呆然とする副社長に、緒方社長は言った。

「では、早速始めましょうか」

それから緒方社長と副社長の契約に向けた話は、終始和やかに進んでいき、リバティのコンサルティング業務をうちに一任させてもらえることで、話はまとまった。

「一時はどうなることかと思ったが……どうにか契約まで持っていけてよかったよ」

「本当にすみませんでした」

あれから秘書にエレベーターホールまで見送ってもらい、到着したエレベーターに乗り込む。

ドアが閉まると、副社長はすぐに力が抜けたように壁にもたれかかった。そんな彼に私はただ謝ることしかできない。

今回も緒方社長だったから寛大に許してもらえたけれど、ほかのクライアント先で同じ失敗をしていたら、大変なことになっていた。

「いや、俺も確認していなかったのがいけなかった。……だからあまり気にするな。結果いいほうに進んだんだから」

「副社長……」

するとと、副社長はふわりと笑った。

「緒方社長は、お前が失敗することを期待していたんだ。お前のおかげで、順調に進めることができた。……ふっ。緒方社長に関しては、お前を秘書にして心の底からよかったと思えるよ。ククッ」

彼の喉元を鳴らす姿に、恥ずかしさと嬉しさが同時に込み上げてくる。

それは『秘書としてどうなの？』って思うけれど、副社長にそんな風に言ってもらえて、嬉しさも覚える。

エレベーターは一階に着き、先に降りた副社長に続いてエントランスを抜ける。

正面玄関に差しかかった時、外から戻ってきたリバティの男性社員が、なぜか立ち止まった。

「ん？　小山、知り合いか？」

「え？」

副社長に言われ、足を止めた男性社員をまじまじと眺めた瞬間、目を見開いた。

「う、そ……」

瞬きすることも忘れ、彼を凝視してしまう。

なぜこんなところで会ってしまうの？

できるなら、もう二度と会いたくなかった。そんな人と、神様はどうしてこのタイミングで再会させたのだろうか。

「小山……？」

不思議に思った副社長が私を呼んだ瞬間、彼……麻生《あそう》さんは、表情をパッと明るくした。

「やっぱりそうだよな？　アホ美だよな⁉」

忌々《いまいま》しい呼び名に、昔の苦しい思い出が瞬時に蘇ってくる。そんな私の心情など知る由《よし》もない麻生さんは、駆け寄ってくると懐かしそうに私を見つめてきた。

「いやー、お前全然変わってないな！　何？　アホ美でもちゃんと社会人になれたんだ？　すっげぇじゃん！」

馴《な》れ馴れしく肩を叩かれるも、私はうつむくばかり。

麻生さんだって全然変わっていない。こんなところで『アホ美』なんて呼ぶところも、相変わらず私のことをバカにするところも、何もかもが。

「えー、どうしてうちの会社にいるわけ？　もしかして、うちと仕事するのか？　っとと、こちらはお前の連れ？」

麻生さんの問いかけにハッとして、一緒にいた副社長の存在を思い出す。

彼を見ると、状況が理解できていない様子。でも、確実に知られてしまったはず。私が麻生さんにバカにされていることを。

「あっ！　もしかしてアホ美の上司ですか？　こいつ、いっつも失敗ばかりで大変でしょう？　俺もアホ美にはどれだけ苦労させられてきたか。……上司とはいえ、こいつの面倒を見ないといけないなんて大変ですね」

「……っ、麻生さん！」

やめて、どうして副社長にそんなことを言うの？　元彼だったら、なんでも言っていいと思っているの？

そんな言葉が喉元まで出かかったけれど、戸惑っている副社長を見て思い留まる。こんなこと、彼の前で言いたくない。過去とはいえ、麻生さんと付き合っていたことを、副社長に知られたくないから。

なのに、麻生さんの口は止まらない。

「あ、俺ここで開発リーダーとして働いているんだ。お前も鼻が高いだろ？　元彼が、成長著しい会社で役職に就いてるだなんて」

得意げな顔で言うと、再び私の肩に触れた彼にカッとなる。

「……やめてください！」

つい大きな声を出してしまい、麻生さんは顔を引きつらせた。

「はっ……なんだよ、アホ美のくせに命令すんなよな。むしろ感謝してもらいたいくらいだぜ。お前なんかと付き合ってやったんだから」

「……っ！」

ダメ、もう限界……っ！

これ以上ここにいることが耐えられなくて、駆けだした。

「あ、おい小山！」

　背後から私を呼ぶ副社長の声が聞こえてきたけれど、足を止めることなくドアをくぐり抜けて歩道に出ると、そのまま駆け抜けていく。

道行く人にぶつかりそうになったり、途中で足がもつれたりしそうになりながらも、全力で走った。

どうしてこのタイミングで麻生さんと再会してしまったんだろう。過去のこととはいえ、副社長には知られたくなかった。それなのに……！　副社長、どう思ったかな。

彼の気持ちを想像することさえ怖くてできない。

いつの間にか瞳からは大粒の涙が溢れていて、必死に拭い取る。あてもなく走り続け、息もあがり、限界に近づいてきた。少しずつ走るスピードを緩め、歩きだす。そして呼吸も整い始めた頃、次第に冷静になった。

どうしてもあの場にいたくなくて逃げてしまったけれど、私はまだ勤務中の身。私がこうして逃げちゃったら、副社長、帰るに帰れなくて困るよね。

ううん、もしかしたら仕事中に姿を消した私に呆れて、さっさとひとりで会社に戻ってしまったかも。それはそれであり得そうで、思わず「ふふっ」と笑みをこぼした。

「やだな……こんな時でも笑えちゃうなんて」

麻生さんに会うまでは、少しずつでも前に進めている気がしていた。けれど、それはあの日以来、ずっと彼と会っていなかったから。実際は、全然ダメだった。彼と再会した瞬間、昔の苦い思い出が脳裏を掠めて、息苦しさを覚えた。

私、これからもずっと忘れられないのかな？　この先も思い出して、胸を痛めながら過ごしていくの？　こんな私に、新しい恋愛なんてできるの……？

いつの間にか足は止まっていた。すると、後ろから来た通行人にぶつかってしまい、慌てて「すみません」と頭を下げた時だった。

「小山っ……！」

背後から聞こえてきた私を呼ぶ声に、身体がビクッと反応してしまう。恐る恐る振り返ると、余裕のない顔で駆け寄ってきたのは副社長だった。

「副社長……？」

驚く私の目の前で立ち止まると、彼は私を見てすぐに声を荒らげた。

「心配させるな！　……突然いなくなって、こんな遠くまで勝手に来やがって」

驚いて肩をすくめるも、よく見ると副社長は息があがっていて肩を上下させている。

そして額には汗が光っていた。

副社長……心配してくれたんだ。だからこんなに急いで探しに来てくれたの？

嬉しくて止まったはずの涙が溢れそうになり、慌ててこらえた。

「すみませんでした、急に。……それと、あの……」

『さっきは、お見苦しいところをお見せしてしまい、申し訳ありませんでした』って伝えたいのに、言葉が続かない。そのセリフを言ったら、副社長はなんて返す？　どう思う？

それがわからないから黙っていると、副社長は一度大きく深呼吸をすると、まっすぐ私を見据えた。

「さっきのあいつは、お前の元彼か？」

ストレートな質問に、心臓がドクンと鳴る。けれど、ここで『違います』とは言えそうにない。だって、さっき麻生さんにすべてバラされてしまったから。彼と付き合っていたことも、私が彼に『アホ美』なんて呼ばれていたことも。

コクリと頷くと、副社長はなぜか唇を噛みしめ、切なげな表情で聞いてきた。

「まだあいつのことが好きなのか？」

好き？　私が麻生さんのことを今も？

彼の質問に目を大きく見開き、すぐさま否定した。

「まさか！　好きじゃありません！　……そんなわけないです」

麻生さんのことなんて好きじゃない。むしろ、二度と会いたくなかった。

すると、副社長は思いも寄らぬことを言いだした。

「そうか。……だったら一発殴ってくるんだったな」

「えっ!?　な、殴るですか!?」

彼の口から出たとは思えない単語にギョッとすると、彼は当然だろと言いたそうに私を見た。

「あいつは、お前のことをなんだと思っているんだ？　それに『アホ美』だなんて、ひどいにもほどがあるだろう」

「副社長……」

不思議。さっきまで苦しくて悲しくて仕方がなかったのに、副社長が私のことを心配して追いかけてきてくれて……さらに彼が怒ってくれただけで、負の感情が薄れていく。

「ありがとうございます。……副社長にそう言っていただけるだけで充分です」

素直な感情だった。

けれど副社長の表情は晴れることはなく、彼の指が私の目元にゆっくりと触れた。くすぐったくて一瞬、瞼を閉じてしまう。すぐに開けると、心配そうに眉尻を下げ、私を見つめる彼と目が合い、ドキッとしてしまった。

ためらいがちに彼の指に触れられ、くすぐったくてドキドキして胸が苦しくなる。

すると、副社長は優しい目を向けてきた。

「嘘つけ。……泣いたんだろう？　つらい時に無理して笑うな」

「……っ」

どうしよう。今、こんな優しい言葉をかけられたら、せっかくこらえた涙が溢れてしまうよ。感情が込み上げ、涙がポロポロとこぼれだす。

「すみませっ……」

泣いてしまった私に、副社長は何も言わず、ハンカチを差し出してくれた。

「……ありがとうございます」

好意に甘えて受け取り、涙を拭っていると、副社長は私を周りの目から隠すように歩道の街路樹に手をつき、街行く人々から見えないようにしてくれた。

優しい気遣いに、しばらく涙を止められずにいると、彼は「行こう」と言い、私の手を握って歩きだした。

道中、副社長はひと言も発することなく、ただ私の手を強く握ってくれていた。そして駐車場に着くと、助手席のドアを開けてくれた。促されるまま乗り込むと、すぐに副社長も運転席に回り、車内にあったティッシュボックスを差し出した。

「ほら」

「すみません。ありがとうございます」

ティッシュを受け取り、鼻をかむ。

「お前、今日スマホどうした？」

「……え、スマホですか？」

「あぁ。ずっと鳴らしていたのに、気づかなかったのか？」

嘘……ずっと？　バッグの中を探すものの、見つからない。どうやら資料を間違えて持ってきてしまっただけではなく、スマホまで忘れたようだ。

「その様子だと、会社に置いてきたようだな」

「はい、すみません」

バッグをギュッと握りしめ、うつむいていると、副社長は私の顔を覗き込んできた。

突然目の前に副社長の顔がドアップで迫ってきて、背もたれに寄りかかってしまう。

なのに副社長は至近距離のまま、真剣な面持ちで言った。

「それで、あいつとの間に何があったんだ？　何かあったから逃げ出したんだろう？」

「それは……」

確信を得た目で私を捕らえる副社長に、たじろいでしまう。

「俺だってお前に弱音を吐いたんだ。お前の弱音だって聞かせてもらわないと、フェアじゃない」

『フェアじゃない』だなんて……。

そう言いつつも、私が話すのを急かさず待ってくれている。

ついさっきまで、副社長に知られたくないって思っていたのにな。正直、話して副社長がどう思うか不安。……それでも、なぜか今は、彼に聞いてほしいと思ってしまった。

「……麻生さんは、私の大学の先輩でした」

意を決し、まだ紗枝にしか話していないことを切り出した。

「三つ年上で、大学のテニスサークルで知り合って。……人数は少なかったんですけど、皆仲良くて毎日楽しかったんです。麻生さんはサークルの中心人物で、女子の憧れの的でした」

今の副社長のように、麻生さんはモテていた。

「一年生は私しかいなくて、なかなか馴染《なじ》めずにいたんですけど、麻生さんがいつも声をかけてくれて、次第にサークルの先輩たちの輪に溶け込むことができるようになりました。……でも私、ずっとこんな感じだったので、やっぱりサークルでもいろいろとドジしちゃっていて……」

「そうか」

副社長は、クスリと笑みをこぼした。

「それで、サークルの空気が悪くなっちゃうこともあったんです。でも、そのたびに麻生さんがフォローしてくれて、私の失敗を笑いに変えてくれて。私のドジも『個性だから気にすることはない』って言ってくれたんです。優しくて気遣いができて……そんな彼に、私は惹かれていきました」

当時の私は本気で麻生さんのことが好きだった。こんな自分でも、彼なら受け入れてくれるんじゃないかと思えたほど。

「だから夏の合宿の時に、思い切って告白したんです。ちょうどその、王様ゲームで好きな人を言わなきゃいけなくなって……玉砕覚悟でした。でも、麻生さんからOKをもらえて付き合うことになったんです」

あの時は本当に嬉しくて、その日は眠れなかった。寝て目が覚めたら夢だったたっていうオチが怖くて。

「麻生さんの彼女になれた、ただそれだけで幸せで毎日が楽しくて仕方ありませんでした。……でも付き合うようになって、麻生さんとふたりっきりで過ごす時間が増えれば増えるほど、彼の私に対する態度は変わっていきました」

やる気を出せば、いつも空回りしてばかり。それはふたりでいる時も同じだった。麻生さんのために料理を作っても失敗したり、うまくできても実は彼の嫌いな物だったり。

少しでも役に立ちたくて掃除や洗濯など、身の回りのことをすれば、余計なことまでしてしまって彼に怒られたり……。

「いつからか、さっきみたいに『アホ美』って呼ばれるようになっちゃって……」

自分で言って苦笑いしてしまう。でも初めて呼ばれた時、ショックだった。

今までずっと『菜穂美』って呼んでくれていたのに、どうしてそんなひどい呼び方を？って。

「それもふたりっきりの時だけではなくて、いつの間にか皆の前でも普通に呼ばれていました。あまりに麻生さんが頻繁に『アホ美』って呼ぶものだから、サークル内でもそう呼ばれるようになったんです」

失敗するたびに『アホ美だから仕方ないか』って言われ、麻生さんにも一緒にバカにされて、悲しいのに笑うことしかできなかった。

「今でこそバカだったなって思うんですけど、それでも私は麻生さんのことが好きでした。なんて呼ばれようと、彼の彼女でいられるなら我慢できたんです。……でも」

思い出すと、胸が痛む。唇をギュッと噛みしめたあと、苦いあの日のことを話した。

「麻生さんがサークルを引退して数日後、彼に呼び出されてあっけらかんと言われたんです。『もう義理で付き合う必要ないよな』って。麻生さん、サークルの皆の前で私に告白されたものだから、断れなかったみたいで。……はっきり言われちゃいました！　『お前と付き合ったのは義理だから。お前みたいなアホな女、好きになるわけがない』って」

　ずっと頭から離れない言葉。瞼を閉じると、あの日の情景が今でも鮮明に浮かぶ。

「何を言われているのかすぐに理解できなくて、頭の中が真っ白になりました。でも次々に『まさか俺が本気で好きだと思ってたの？』『お前のことなんて好きになるわけがない』って言われて。あぁ、付き合っている、気持ちが通じ合えていると思っていたのは私だけだったんだ、ってやっと理解できたんです」

　次第に表情を歪めていく副社長。

「すぐに麻生さんは卒業し、私も気まずくなってサークルを辞めました。彼に言われた言葉はトラウマになり、それ以来、恋愛する勇気を出せなくて。それでも少しずつ前向きになれていたんですけどね。……まさかこのタイミングで再会しちゃうとは、夢にも思いませんでした」

　作り笑いを浮かべると、副社長は身を乗り出し、そっと私の身体を抱き寄せた。

「……え、あっ……副社長？」

　一瞬にして包まれる彼の温もりに、声が上ずる。

　咄嗟に離れようと彼の胸元を押したものの、すぐに強い力で抱きしめられた。

直《じか》に感じる温もりに戸惑いを隠せない。ドキドキしているのが、副社長に伝わってしまいそう。胸の高鳴りを必死に鎮めていると、副社長はボソッと囁いた。

「言っただろ？　つらい時に無理して笑うなって。……悪かったな、嫌な話をさせて」

副社長……。

彼の手が私の背中や頭を優しく撫《な》でていく。それだけで涙が溢れそうになる。

「でも聞かせてもらったからこそ、言わせてもらう」

そう前置きすると、副社長は私の身体をゆっくり離した。それでも目と鼻の先に彼がいる。

至近距離のまま、真剣な瞳を向けられた。

「お前は今のままでいいのか？」

「……今のまま、ですか？」

聞き返すと、副社長は大きく頷いた。

「いつまでもそうやって引きずって、あいつと会ったら逃げ出して。そのままでいいのか？」

「それは……」

いいわけがない。私だっていい加減、彼のことは忘れて新しい恋愛がしたい。だけど、いくら頭ではそう思っていても、心はついてきてくれない。

すると、副社長は訴えるように言った。

「いつまでもあんな最低な男の言動に振り回されて、悔しくないのか？　幸せになって見返したいと思わないのか？」

「もちろん思います。でも、そう簡単に気持ちを切り替えることなんて――」

また言葉を濁すと、副社長はすぐに声を被せてきた。

「できるさ。ただチャンスがなかっただけ。小山はもうあいつのこと、なんとも思ってないんだよな？　新しい恋愛をしたいんだよな？」

なぜか確認するように聞かれたことは、どれも本当。

「……はい」

力強く答えると、副社長は安心したように胸を撫で下ろした。

「わかった。……だったら俺に任せろ」

ニッと笑った副社長を前に、頭の中にハテナマークが浮かぶ。

「え？」

『俺に任せろ』？　それってどういう意味？

首を傾げている私に、副社長は「フッ」と笑い、私の頭をポンと軽く叩くとエンジンをかけた。

「戻るぞ。シートベルト締めて」

「あ、はい」

言われるがままシートベルトを装着すると、副社長は車を発進させた。

さっきの言葉が気になるものの、副社長は運転に集中していて聞けない雰囲気だ。

それに私、自分でも驚くほどすっきりしている。副社長に話を聞いてもらえて、彼にかけてもらえたセリフが心に響いた。

『いつまでもあんな最低な男の言動に振り回されて、悔しくないのか？　幸せになって見返したいと思わないのか？』『できるさ。ただチャンスがなかっただけ』

こんなタイミングで再会しちゃうなんて、と悲観的になっていたけれど、今後リバティと付き合いが続いていけば、昔とは違う私を知ってもらい、彼を見返すことができるかも。過去の苦い思い出と、さよならできるチャンスなのかもしれない。

そんな風に、不思議と前向きな気持ちになれた。それはきっと、副社長のおかげ。

運転に集中する彼をチラッと盗み見る。凛とした横顔はやっぱりカッコよくて、惚れ惚れしてしまう。

どうしよう、私……報われない恋だとわかっていても、気持ちを抑えられそうにない。今こんなにもドキドキしているのは、私が彼に惹かれているから。

想いが強くなるばかりの私は胸の内をひた隠しながら、彼の運転する車に揺られて会社へと戻っていった。

任務その10『つらい過去の恋にケジメをつけよ』

「何ぃ⁉　あの最低男、そんなこと言ったの⁉」

「ちょ、ちょっと紗枝ってば、声！」

次の日の昼休み。

いつもの飲食店街で紗枝に昨日の出来事を打ち明けると、彼女は声を荒らげた。たまらず人差し指を立てて制すると、彼女は背中を丸めて「ごめん、つい……」と呟く。

「まったく社会人になっても、やっぱりくず男はくず男のままだったってわけだ。だけどショックだな。大好きなゲームアプリを制作している会社の開発リーダーが、そんな最低男だったなんて。その会社、大丈夫なの？」

紗枝はショックを隠し切れない様子。落胆しながらも、運ばれてきたトマトたっぷりのミートソースパスタを、器用にフォークに巻いて口に運んでいく。

私もシラスの和風パスタを食べ始めた。

「大丈夫だよ、だってリバティの緒方社長は、しっかりとした素敵な人だから。まぁ……多少変わった一面もあるけど」

事情を知っている紗枝は、すぐに理解して苦笑い。

「それにしても副社長ってば素敵よね。菜穂美のことを心配して、追いかけてきてくれるなんて！　皆も、昨日の代表とのやり取りを見て言ってたよ。印象が変わった、って。私も目を疑ったもの」

そうなのだ。昨日の副社長の笑顔には、見ていた社員全員が驚いた。そして今日にはもう社内中に広まっていて、副社長の話題で持ち切り。

「おまけに優しく慰《なぐさ》められたんでしょ？　どうなのよ、さすがに副社長のこと、好きになっちゃったんじゃないのー？」

からかい口調で言ってきた紗枝。

昨日までの私だったら、ここですぐに『そんなわけない』って否定するところだけど……。

「……うん、そうかもしれない」

今日ばかりは違った。

照れ臭くてぶっきらぼうに言うと、紗枝は途端に目を丸くした。

「え、やだ何？　まさか本当に好きになっちゃったの？」

確認してきた紗枝に頷くと、彼女は絶句。だけど、すぐに顔を綻《ほころ》ばせた。

「そっかそっかー。そうだよね、傷ついているところにヒーローみたいに現れてくれて、心配して慰めてもらえたら、誰だって好きになっちゃうよね」

事実だけど、実際に口に出して言われると恥ずかしい。

「いいじゃない！　さっさと踏ん切りつけて副社長をゲットして、最低男を見返してやりなさいよ」

紗枝はノリノリで言うけれど……。

「私……正直怖いんだよね」

「は？　何がよ」

意味がわからないと言いたそうに首を傾げる彼女に、胸の内を明かした。

「だって私、絶対副社長の恋愛対象じゃないだろうし。それなのに好きになっても、傷つくだけだと思うから。だったら最初から好きにならずに、気持ちを抑えたほうがいいのかなって……」

そこまで言うと、紗枝は私が伝えたいことを理解したのか、小さく息を漏らした。

「気持ちを打ち消そうとしたけど、できなかったわけだ」

図星を突かれ、ゆっくり頷く。

紗枝はフォークを紙ナプキンの上に置き、水を飲むと、頬杖をついた。

「恋愛ってそういうものじゃないの？　自分の気持ちをコントロールし切れなくなるんだよ。それだけ菜穂美は、副社長のことを本気で好きになり始めてるってことじゃない」

「そう、なのかな……」

手を止め、照れ臭くて目の前のパスタを見つめたまま尋ねると、紗枝は笑った。

「そうだよ。それに失恋したっていいじゃない。もちろん、菜穂美にはつらい思いをした分、幸せになってほしいけど、報われなくたって誰かを本気で好きになれるのは、素敵なことだと思うから」

誰かを本気で好きになれるのは素敵なこと、か。確かに紗枝の言う通りかも。ずっと誰かを好きになるのが怖くて、恋愛できずにいた私がまた恋をしたんだ。トラウマさえも吹き飛ばすほど惹かれる人に出会えたのは、幸せなことだよね。

「それに昔と今は違う。たとえ菜穂美が失恋したって、私がいるじゃない。だから今は、芽生えた感情を大切にしてほしいな」

「紗枝……」

いいのかな、このまま副社長のことを好きになっても。今の私には紗枝がいる。彼女の笑顔を見ていると、好きになってもいいと思わされる。

「ありがとう。……私、自分の気持ちを大切にしたい。副社長のこと、もっと好きになりたい」

素直な気持ちを口にすると、紗枝は何度も首を縦に振った。

「うんうん、その意気だよ！　いつだって私は菜穂美の味方だし、応援しているから」

力強い親友のエールに勇気をもらい、もう一度「ありがとう」と伝えた。

副社長が私に優しくしてくれるのは、秘書だからだと思う。それでも私は嬉しくて、惹かれてしまっている。今は、せっかく芽生えたこの気持ちを大切にしたい。前に進むためにも。

その後、紗枝と食事を済ませ、オフィスへと戻った。

「小山、このあと来客があるから、受付から連絡来たら対応してくれ」

「来客……ですか？」

午後の業務が始まってすぐに言われ、聞き返してしまった。副社長から預かっているスケジュールでは、今日の午後に誰かが訪れる予定はない。ということは急に決まったってことだよね？

「どなたがいらっしゃるんですか？」

ポケットからメモ帳を取り出して聞くも、副社長は「来たらわかる」と言うなり、自室に行ってしまった。

彼が消えていったドアを見つめてしまう。

昨日はあんなに優しかったのに、今日はすっかりいつもの副社長に戻っていた。

昨日の彼は幻だったのかもしれないと一瞬疑うけれど、私はしっかりと覚えている。思い出すだけで胸が鳴ってしまうほど、彼の温もりも、かけてくれた言葉もすべて。

おもむろに胸元に手を当てると、心臓が早鐘を打っていた。けれどすぐに首を横に振る。『今は仕事中！　ドキドキしている場合じゃない』と自分に言い聞かせ、デスクに戻って仕事を始めた。


それから約一時間半後。来客を知らせる内線が鳴った。

すぐに「伺います」と伝え、席を立って受付にやってきたんだけど……。

「あれ、えっ何？　お前ここで働いてたのか⁉」

そこにいたのは、麻生さんだった。まさか彼が来るとは夢にも思わず、固まってしまう。

向こうも、私がここで働いていることに驚いている様子。

「しかも何？　お前が迎えに来たってことは、お前が副社長の秘書なわけ？　アホ美が？　マジかよ、大丈夫か？　ここの会社」

相変わらず容赦なく人を傷つけることを平気で言うと、ゲラゲラ笑いだした彼に、奥歯をギュッと噛みしめる。

でも、受付社員が不快そうに彼を眺める姿に、麻生さんはハッとし、表情を引きしめた。

どうして彼が副社長を訪ねてきたのかわからないけれど、早く副社長室に連れていくべきだよね。でないと、また失礼なことを口走りそうだ。

「どうぞこちらへ。副社長がお待ちです」

「お、なんだよ。アホ美でも秘書らしいじゃん」

どうにか彼を連れて、足早に副社長室へ向かう。受付からオフィスを通った際、ずいぶんと興味深そうに見回していたけれど、変なことを言われることはなかった。

「副社長、リバティ社の麻生さんがお見えになりました」

ドアをノックして伝えると、室内からすぐに「通してくれ」と返ってきた。ドアを開けて麻生さんを招き入れ、給湯室でお茶の準備をしてこようとしたんだけど、副社長に止められた。

「小山、お前もいろ」

「ですが……」

「いいから」

強い口調で言われては、それ以上言い返すことができない。ドアを閉めて私も副社長室に留まる。

すると、麻生さんは相手が副社長だというのに、秘書が私だからかずいぶんとフレンドリーに声をかけた。

「いや、まさかアホ美の上司が副社長とは知らず。……昨日は大変失礼いたしました」

彼はそう言いつつも、頭を下げることはせず、頭の後ろに手を当てておどけているだけ。

副社長に対してあまりに無礼で、嫌悪感さえ抱く。

けれど副社長は何も言わず、椅子から立ち上がると、ゆっくりと麻生さんのもとへ歩み寄った。

「わざわざご足労いただき、ありがとうございました。それで、緒方社長から預かった物を持ってきていただけたでしょうか？」

副社長は麻生さんの態度など意に介さない様子で、普段、取引先の方と話している時と変わらない。

『ご足労いただき』ってことは、副社長が麻生さんを呼んだってこと？　でもなぜ？

頭の中は、ハテナマークばかり。

「はい、もちろん持ってきましたよ。いや～、それにしても光栄です。契約の締結をさせていただけるなんて」

麻生さんは顔をホクホクさせながら、バッグの中から契約書を取り出し、こっちが声をかける間もなく、中央の応接ソファに腰かけた。

彼に続いて副社長も向かい合って座ると、膝の上で腕を組み、彼に言った。

「緒方社長からお聞きになっていませんか？　契約の条件を」

「……はい？」

想定外な話に、麻生さんは首を傾げた。

副社長は厳しい口調で続ける。

「昨日は、僕の秘書をずいぶんと傷つけてくださいましたよね？　まずは、それに対して謝罪の言葉があって当然だと思うのですが」

ニコリともせず淡々とした口調で話す副社長に、麻生さんは顔を引きつらせた。

もしかして昨日、『俺に任せろ』って言っていたのはこのことなの？

私が突っ立ったまま何もできずにいると、副社長は深く腰かけ、足を組んだ。

「緒方社長にお伝えしたんです。『平気で人を傷つける社員がいる会社とは、契約できない』と。『だったら、その社員を謝罪に行かせる』と申し出てくれたんですよ」

「そんな……」

緒方社長から聞いていなかったのか、麻生さんはうろたえだした。

「悪いが、彼女から事情はすべて聞いた。……正直、同じ男としてお前みたいなヤツがいるのかと思うと、吐き気がする。『アホ美』なんて呼ばれて傷つかない人間がいると思うのか?」

厳しい眼差しを向け、強気な態度で言う副社長。

その言葉にカチンときたのか、麻生さんも反撃に出た。

「ずいぶんと言ってくれますね。ですが、あなたは菜穂美の過去を知らないでしょう? こいつは本当にどうしようもないヤツで、むしろ『アホ美』ってあだ名のおかげでサークル内でうまくやっていけてたんですよ。そんなヤツと付き合ってやったんだ。感謝されることはあっても、こんな風に文句を言われる筋合いはありません」

吐き捨てるように言った麻生さんに、悔しさが込み上げてくる。今だから思う。本当に、なぜ私はこんな人を本気で好きになってしまったのだろう、と。

拳をギュッと握りしめていると、ふと副社長と目が合った。

「小山、こんなこと言われているけど、お前はいいのか？」

「……え」

「悔しいと思わないのか？」

続けて投げかけられた言葉に、胸が震える。

私……悔しいって思ったよね？　それに前に進みたい。もう過去の傷に縛られたくないって思っている。今じゃないのかな？　前に進むチャンスは。

副社長を見つめると、彼は『そうだよ』と言うように力強い眼差しを向けた。

いつまでもつらい記憶に縛られたくない、前に進みたい気持ちは大きく膨れ上がり、一歩、また一歩と彼のほうへ足が進んでいく。

それに気づいた麻生さんは立ち上がり、威圧的な目で私を見下ろした。

「なんだよ。言っておくけど、俺は謝るつもりなんてないからな。こっちだって当時はお前に相当迷惑をかけられてきたんだ。今だってそうだ。お前のせいで迷惑してる」

麻生さんは不快そうな顔で言った。

彼と付き合っていた時も、別れ話を切り出された時も、何も言えなかった。でも、その時の自分の気持ちを伝えたい。心を奮い立たせ、麻生さんをまっすぐ見つめた。

「私……優しくていつも周囲を気遣ってくれて。そんな麻生さんのことが本気で好きでした」

「……なんだよ、今さら急にそんなこと言いだして」

予想外のセリフだったからか、彼は少し戸惑った様子だ。

「それは、付き合い始めてからも変わりませんでした。好きだから麻生さんのために何かしたい、役に立ちたいと思ったし、『アホ美』って呼ばれても、我慢できました」

麻生さんのそばにいられるなら、それだけで充分だった。

「でも今思うと、どうして私はあなたのことを好きになったんだろうって後悔するばかりです。……だけど、どんなに後悔しても麻生さんは私にとって初めての彼氏なんです。好きって思えた、最初の人。だからお願いです、私が初めて恋をして付き合った人は、とても素敵な人だったって思わせてください」

感情が昂《たかぶ》り、涙声になりながらも訴えると、彼は瞳を大きく揺らした。

「最低な人で、私の心に深く傷を残した人だなんて思いたくないんです。だって私が好きになった麻生さんは、優しくて笑顔が素敵な人だったから」

どうしたら自分は過去の苦い思い出を忘れて、前に進めるんだろう。どうやったら新しい恋愛ができるんだろう、ってずっと考えていた。けれど、今ならその方法がわかるよ。苦い過去でも『楽しかった』『よかった』って思えるように、状況を変えればいいんだ。

「正直、麻生さんと付き合っていた頃に傷つけられたことは、今でも鮮明に覚えています。でも、それと同時に楽しかった記憶もあるんです。……だから、どうかもう誰かを平気で傷つけるようなことをしないでください。どんな人間だって、傷つく心を持っているんです。私の元彼は素敵な人だった、って自慢できるような人になってください」

そうしたらきっと、もう過去の苦い思い出に囚《とら》われることはなくなると思うから。

「私も麻生さんと付き合っていた時より、幸せになってみせますから」

最後に一番伝えたかった思いを告げると、彼は顔を伏せ、それ以上何も言うことはなかった。

「あれで本当によかったのか？」

「はい」

結局、麻生さんが謝罪の言葉を口にすることはなかった。それは彼なりのプライドだったのかもしれない。それでも、私は自分の気持ちをはっきり伝えることができて、

「それに久しぶりに『菜穂美』って彼が呼んでくれたので満足だった。

 帰り際、彼は何度も私の様子を窺っていて、何か言いたそうに『菜穂美……』とポツリと漏らした。もしかしたら"ごめん"って伝えようとしてくれたのかもしれない。

「あ、そっ、それよりも副社長！　契約のほうは……っ!?」

 副社長は麻生さんに『申し訳ありませんが、やはりそちらとは契約できません』と言ってサインすることなく、麻生さんを追い返したのだ。

 この時の麻生さんの青ざめた顔は、一生忘れられないと思う。

 彼はフラフラになりながら、会社を出ていった。

 でも、副社長はリバティと契約するために、あれほど頑張ってきたのに。また自分のせいで彼に迷惑をかけたかと思うと泣きたくなる。

 けれど副社長は、なぜかニヤリと笑った。

「ああ、それは大丈夫。ちゃんと契約は結ぶことになっているから」

「え？」

 すると、副社長は悪い顔をして、愉快そうに話してくれた。

「緒方社長に事情を話したら協力してくれたんだ。お気に入りのお前を傷つけた社員に、しっかり制裁を与えてくれって頼まれたしな」

そうだったんだ。そうとは知らず契約書をもらえず戻っていった今の麻生さんの気持ちを思うと、いたたまれなくなる。……でも。

「あの……本当にご迷惑をおかけしてしまい、申し訳ありませんでした！　おまけに余計な手間までかけさせてしまって……」

ただでさえ副社長は忙しいのに。自分のことで時間を使わせてしまったことを、申し訳なく思う。

なのに副社長は否定するように、ゆっくりと首を横に振った。

「俺の腹の虫も収まらなかったし、気にするな。俺が勝手にやったまでだ」

「副社長……」

そこは『感謝しろよ』って言ってもいいのに。どうして副社長はこんなに優しくしてくれるのだろう。

「それで？　俺は全く納得できなかったけど、お前はあれですっきりしたのか？」

「あ、はい。……副社長のおかげでやっと前に進めそうです」

ちゃんと麻生さんに、自分の気持ちを伝えることができたから、驚くほどすっきりしている。それは副社長のおかげ。

「チャンスを作ってくれた副社長には、感謝してもし切れません。……本当にありがとうございました」

心の底からそう思っているから、笑顔で伝えられる。

すると副社長は目を見開いたあと、なぜか視線を泳がせると、ポツリポツリと話しだした。

「言っておくけど、お前だからここまでしたんだ。……ほかの人だったら、そうじゃない」

「……え」

意味深な発言に、ドキッとしてしまう。

「これまで人との繋がりなんて、面倒以外の何物でもなかった。……でも、お前だけは違うから」

真剣な瞳が向けられた瞬間、心臓が飛び跳ねる。だってそんなことを言われたら、勘違いしてしまいそう。自分にとって都合がいいほうへ考えてしまいたくなる。そんなはずないのに……。どう反応したらいいのか困り、目を逸らしてしまった。

「あの……っ、喉渇きませんか？　私、コーヒー淹れてきますね！」

それでも向けられ続ける真剣な瞳に耐え切れなくなり、逃げるように副社長室をあとにした。そして給湯室に駆け込んだ瞬間、シンクに手をつき、大きく息を漏らしてしまう。

「……もう、副社長ってばあんまりだ」

彼に惹かれている私に、あんなこと言うなんて！

頭の中で、さっきのセリフが何度もリピートされる。そのたびに胸が苦しくなり、次第に身体中が熱くなる。

ダメだ、いったん忘れよう!!

必死に頭の中から甘いセリフをかき消し、コーヒーの準備を始めると、突然背後から声が聞こえてきた。

「小山」

「わっ!?」

耳元で囁かれた声に心臓は跳ね上がり、手にしていたコーヒーフィルターを床に落としてしまった。けれど、すぐに拾い上げることができない。だって、すぐ後ろに副社長がいるから。

今の私の顔は真っ赤なはず。振り返りもせず、微動だにできずにいると、彼は背後から尋ねてきた。

「さっき、あいつが初めての彼氏だったって言っていたけど、キスも？」

「……えっ⁉」

ギョッとして思わず振り返ると、すぐ間近に副社長がいて息を呑む。

副社長ってば一体どうしちゃったの？　どうして急にそんなことを聞いてくるの？

彼の真意がわからなくて、ただじっと見つめ返すことしかできずにいると、彼はしびれを切らしたように言った。

「どうなんだ、答えろ」

力強い瞳に射貫かれたように、瞬きすることもできない。けれど答えないと、きっとこの状況を変えることはできないはず。

彼の瞳に映る自分の戸惑う顔を見ながら、肯定するように頷いた。

すると、副社長は苦しげに顔を歪め、私との距離をさらに縮めてきた。

びっくりして咄嗟に下がろうとしたものの、すぐ後ろはシンク。逃げ場などない。

すると、副社長はさらに私を混乱させることを言った。

「じゃあその先は……？　それもあいつが初めて？」

そっ、その先……？　それってつまり、あれですか？　あのことですか？

副社長が言いたいことがわかってしまった途端、みるみるうちに身体中が熱くなる。

「いっ、一体どうしちゃったんですか？　どうして、そんなこと聞くんですか？」

これにはさすがに声をあげると、副社長は私の瞳を捕らえたまま言った。

「気に入らないからだよ。……お前の初めてがすべてあいつだったってことが」

「え？」

苦しげに放たれた言葉に、目を大きく見開いてしまう。『気に入らない』ってどういう意味？　それって……。

トクントクンと波打つ胸の鼓動。副社長にも伝わっているんじゃないかと心配になるほど、ドキドキしている。

それでも副社長から視線を逸らすことができずにいると、彼の親指が私の下唇に触れた。

「あんなヤツに、お前の唇を奪われたのかと思うと、腹が立つ」

イラ立ちを隠せない表情で放たれた言葉に、一瞬息が詰まる。

「な……にを言って……っ」

言葉が最後まで続かなかった。

「んっ……」

強引に後頭部に手が添えられると、あっという間に唇を奪われてしまったから。

一瞬何が起きたのか理解できなくて、頭の中が真っ白になってしまったけれど、目の前には瞼を閉じた副社長の顔が至近距離にある。触れる唇の感触に、次第に彼にキスされている……と認識させられていく。

いつの間にか背中に手が回され、グッと身体を引き寄せられていて、口づけは深く甘く、とろけるものに変わっていた。

「副社長っ……」

息苦しくて、キスの合間に漏れた吐息交じりの声。

その声に触発されたように、彼の口づけは深まるばかり。

あまりに優しいキスに、どうしてこんな状況になっているのか、考える余裕もない。

次第に呼吸が苦しくなっていき、どちらのものともわからない吐息が給湯室に響く。

どれくらいの時間が経っただろうか。最後にリップ音をたてて唇が離れた。

瞼を開けると、妖艶《ようえん》な彼の表情が間近に迫っていて、胸が締めつけられる。

「小山……」

愛しそうに私を呼び、彼がそっと私の首元に顔をうずめた時、副社長室から内線のベルが聞こえてきた。

副社長は顔を上げると、大きく息を吐く。

「あ……あの、副社長、電話が……」

恥ずかしさのあまり彼の顔を見ることができず、うつむいたまましどろもどろになりながら言う。

副社長はイラつきながら「わかっている」と返した。

彼の腕が背中に回ったままの状態で、ゆっくりと顔を上げていくと、彼もまた私を見つめていて目が合う。

すると、彼は名残惜しそうに触れるだけのキスを落とした。

「……っ」

思わず身体がビクッと反応した私に、副社長はクスリと笑みを漏らすと「コーヒーを頼む」と言い、副社長室へと戻っていった。

ドアが閉まる音が聞こえてきた瞬間、身体中の力が抜け、ズルズルとその場に座り込む。

私、今……副社長とキス、しちゃったよね？　しかも濃厚なキスを何度もっ……！

おもむろに唇に触れてしまう。彼の唇の感触も、温かい熱も漏れる吐息も、すべて鮮明に蘇り、『わー‼』と叫びたい衝動に駆られて必死に抑える。

どうして？　なぜ？

そんな疑問ばかりが、頭の中を駆け巡っていく。それに、キスされる前に副社長が言っていた言葉を思い出すと、どうしても自惚《うぬぼ》れてしまいそう。もしかしたら、副社長はヤキモチを焼いたのかもしれない、と。

気になる人からの突然のキスに、私は混乱しっぱなし。しばらくの間、立ち上がることができずにいた。

任務その11『キスの意味を聞き出しましょう』

「小山、この資料を開発部長に届けるついでに、先方の都合のいい日を聞いてきてくれ。リバティの開発チームが打ち合わせしたいらしい」

「わかりました」

あの日から三日経った、金曜日の午後。

副社長に言われて席を立ち、オフィスに出たけれど……すぐに足を止め、オロオロしてしまう。

私、ちゃんと普通に接することができていたかな。声をかけられて心臓バクバクだったことに、気づかれていないよね？

頬に手を当てて、顔の火照《ほて》りを抑えた。

副社長にキスされた日、彼はあのあと代表に呼び出され、そのまま外出してしまった。そして次の日から今日まで、あのキスはなかったかのようにいつも通りに接してくる。

無表情で、淡々と仕事をこなしながら。

え、私たち、キスしたんですよね？　それとも、その記憶があるのは私だけ？　もしや夢だった……？

私は常に副社長を意識しまくりで、彼の顔をまともに見ることができずにいる。けれど、本当は聞きたい。どんな気持ちで私にキスしたのかを。

ただ、誰かとキスしたかっただけとか？　男の人って気持ちがなくてもできるっぽいし。現に麻生さんがそうじゃない。私のこと、好きじゃなかったのにキスもその先もしてきたのだから。

彼のことを思い出すと、やっぱり胸がチクリと痛む。でも以前ほど苦しくなることはない。それはあの日、自分の気持ちを初めて彼に伝えることができたからだと思う。

何より今は、副社長のことで頭がいっぱいというか……。

と、とにかく嫌いな相手にキスなんてできないよね？　おっ、おまけにあんな濃厚に……っ！　多少なりとも、私に好意を抱いてくれていると自惚れてもいいのかな？いや、ただ単に部下として気に入られているとか？

ここ最近の紗枝は仕事が忙しいらしく、昼食もコンビニで済ませているうえに、夜も残業続きでゆっくり相談できずにいた。オフィスの片隅で立ち止まったまま、グルグルと思いを巡らせていると、不意に声をかけられた。

「小山さん……？　どうかされましたか？」

「え……あっ！　いいえ!!」

声をかけてきたのは、田中さんだった。慌てて『なんでもありません』という風に手を左右に振ると、田中さんは「そうですか……」と言いながらも、不思議そうに私を眺めている。

あぁ、絶対『変な女』って思われたよね。私、仕事中に、しかもオフィスで何をボーッとしているのよ。今は副社長からの頼まれ事もあるし、仕事に集中しなくちゃいけないのに、何やっているんだか。

「すみません、失礼します」

すぐに開発部に向かおうとしたものの、田中さんに「お待ちください」と呼び止められた。

「はい……？」

足を止めて田中さんを見ると、彼は難しい顔をしている。どうしたのかと思っていると、田中さんは周囲に聞こえないよう声を潜めた。

「最近、副社長はお忙しそうですが、体調を崩されてはおりませんか？」

「……え？」

「連日お忙しいようで、だいぶ遅くまでお残りになられていましたので」

嘘……そうだったの？

私、副社長の秘書といっても、毎日『もう上がっていい』と言われたら先に退社していた。だから、副社長がいつも何時まで会社に残っているのか知らない。

何度か『まだ帰られないのですか？』と聞いたことがあるけど、『お前は気にしなくていいから』って言われて、そのまま帰宅するばかりだった。

「副社長は大変真面目なお方で、だからこそ、ご無理されることも度々あるんです。少し疲れていそうでしたら、どうか早くご帰宅されるようお声かけください。体調管理も、秘書の大切な仕事のひとつですので」

「はい……！」

「それでは失礼します」と去っていく田中さんの背中を見つめながら、気持ちが焦っていく。

そうだよ。副社長の体調管理も、仕事のうち。それなのに最近の私は？　自分のことで精一杯で、この三日間、まともに副社長の顔を見ていない。

今日の彼の顔色はどうだった？　変わった様子はない？　……ダメだ、全然思い出せない。

急いで開発部へ向かい、空いている日を聞き出して副社長室へ戻る。

そういえば、昨日から副社長に一度も『コーヒーを頼む』って言われていない。私はただ単に、副社長と気まずい中、顔を合わせずに済んでよかった……なんて、ホッとしていたけれど、おかしい。彼は必ず毎日、朝と午後の二回、飲んでいたから。

考えれば考えるほど、不安が募る。

でも、副社長室に戻った時、彼の姿はなかった。

「嘘……どこに行ったの？」

自分のデスクに戻ると、見慣れない付箋《ふせん》があった。そこには『急用が入ったから外に出る。開発部の予定はメモに残しておいてくれ。遅くなるから、定時で上がるように』と書かれていた。

「定時で上がるように……ってことは、副社長はその時間まで帰ってこないってことだよね？」

彼の体調がますます心配になる。いくら明日から休みとはいえ、大丈夫だろうか。無理していない？

時計を確認すると、終業時間まであと一時間ちょっと。特に急いでやらなくてはいけない仕事はない。

でも、待っていてもいいかな？　副社長が戻ってくるのを。

彼のデスクの上には、ファイルや資料が置かれていた。副社長は帰宅する際、必ずデスク周りを整理整頓《せいとん》して帰っている。

……ってことは直帰せず、一度戻ってくるってことだよね？　待っていよう。ちゃんと副社長の顔を見たい。疲れていそうだったら、田中さんの言う通り早く帰ってもらえるよう伝えよう。

そう心に決め、残りの業務に取りかかった。


「遅いな……」

定時をとっくに過ぎた二十二時前。社内に残っている社員もまばらなようで、オフィスのほうからは物音が聞こえない。

自分の仕事は終わり、資料をファイリングしたり、給湯室や副社長室の掃除を念入りにして時間を過ごしていたものの、そろそろやれることもなくなってきた。

「もしかして、いつもこんな遅い時間まで残っていたのかな？」

それなのに私は副社長に許可されたら、『お疲れさまです』と言ってさっさと帰っていた。私にも手伝えることがあったかもしれないのに。今さら後悔しても仕方ないけど、反省せずにはいられないよ。

自分のデスク周りの拭き掃除をしながら、そんなことをぼんやり考えていると、静かにドアが開いた。

「あっ……！」

そこには私を見て、目を丸くさせている副社長の姿があった。

「お疲れさまです！」

ぞうきんをデスクに置き、彼のもとへ駆け寄る。

三日ぶりにまともに見た彼の顔は、やはりどこか疲れているようだ。

「お前が灯りを消し忘れていったとばかり思っていたが、まだ残っていたとは……。どうして上がらなかった？　メモに残しておいたよな？　無駄に残業するな」

「それはそうですが、でもっ……！」

副社長は一方的に言うと、スタスタと自室へと向かっていく。

そんな彼のあとを慌てて追いかけた。

「副社長、まだお帰りにならないんですか？」

「あぁ、仕事がまだ残っているから」

嘘でしょ、まだ残業するつもりなの？

ギョッとして、私も副社長室に入る。

彼はデスクにバッグを置き、ジャケットを脱ごうとしたものの、ふらついてデスクに手をついた。

「だ、大丈夫ですか⁉」

副社長がふらつくなんて珍しい。やっぱり疲れているんだ。

駆け寄って彼の身体を支えようとしたけれど、手で払われてしまった。

「大丈夫だから。お前は早く帰れ。いても邪魔なだけだ」

冷たく突き放されて、胸が痛む。

「……すみません」

わかってる。私がいたって邪魔なだけだって。でも……。

椅子に座り、書類に目を通し始めた彼をまじまじと見る。

あれ……？　部屋の中はそんなに暑くないのに、どうして副社長は汗をかいているんだろう。

彼の額には汗が光って見える。

急いで戻ってきたから？　それにしたって、あの汗の量はおかしくない？

それに、よく見ると顔色も優れないし、苦しそうに肩で息をしている。

ある予感が頭をよぎり、意を決して彼に近づいた。

「副社長、失礼します」

「は？　あ、おい！」

彼の額に触れると、予想以上に熱くてびっくりしてしまった。

「副社長、熱があるじゃないですか！」

体温計で測らなくても、触っただけでかなりの高熱だとわかる。

すると副社長は、小さく舌打ちした。

「別に、これくらい平気だ。どうしても今日中に終わらせたいんだ」

わかってる、副社長はこういう人だって。誰よりも真面目で、自分の体調より仕事を優先させる人なんだ。

「俺なら平気だから、お前は帰れ。俺の風邪《かぜ》がうつったと言われては困る」

もしかして副社長、だからずっと早く帰れって言ってたの？　さっき払いのけたのも、自分に私を近づけさせないため？

不器用な彼の優しさに、胸が苦しくなる。

ダメだ、私……副社長のことが好き。大好き。だからこそ、言われるがまま帰るわけにはいかない。何より、私は副社長の秘書だから。

パソコンを起動させようとした副社長の手をつかむと、彼は当然顔をしかめ、私を見上げてきた。

「おい、なんだこの手は」

熱のせいかイライラしているようで、威圧的な態度に一瞬怯《ひる》みそうになるものの、自分を奮い立たせる。

「副社長、荷物をまとめてください。その間に、私はタクシーを呼びますので」

「何を勝手に……！　俺は帰るつもりはない」

振り払われそうになり、ギュッと彼の手を握った。

「いいえ、帰っていただきます‼　副社長の健康管理も秘書の大切な仕事ですので！」

強い口調で言うと、さすがの副社長も驚き、押し黙る。

「副社長の仕事に対する姿勢は、大変立派だと思います。ですが、自分の健康管理もできないようじゃ、ダメじゃないですか！　そんな高熱で苦しそうにしながら仕事したって、私みたいに失敗するだけですよ！」

「小山……」

瞬きを繰り返す副社長に、畳《たた》みかけていく。

「休む時はしっかり休んで、メリハリをつけることも大切です！　なので、今日は帰りますよ！」

キッと睨みを利かせると、副社長は観念したように瞼を閉じ、息を漏らした。

「わかったよ。お前の言う通り、今日は帰る。悪いがタクシーを呼んでくれないか？」

「もちろんです！　すぐに呼んできます！」

よかった、本当によかった。

慌てて自分のデスクに戻り、タクシーを呼ぶ。

早く家に帰ってもらって週末の二日間、ゆっくり過ごしてもらおう。

私も帰宅の準備をして副社長室に戻ると、彼は応接ソファに腰かけ、ぐったりしていた。

「副社長、大丈夫ですか？」

駆け寄るものの、途中で「大丈夫だ」と近づくのを拒否される。

「ずっと、今日中に仕事を終わらせようと気を張っていたから……。帰るとなると身体は正直で、少ししんどくなっただけだ」

副社長はそう言うけれど、とても少ししんどいだけのようには見えない。彼をタクシーに乗せるまでが私の任務だと思っていたけれど、自宅に到着しても、こんなにつらそうな身体で無事に自分の部屋まで辿り着けるだろうか。

考えれば考えるほど心配になり、デスクの上に置いてある副社長のバッグを持った。

「副社長、行きましょう。そろそろタクシーが来ると思いますので」

「あぁ、悪い……」

小さく深呼吸して立ち上がったものの、咄嗟に彼の身体はふらつき、またソファにもたれかかってしまった。

「大丈夫ですか？」

「ああ」

すぐに言葉は返ってきたけど、全然平気じゃないよ。こんな状態の副社長を、ひとりでタクシーに乗せて帰すことなんてできない。

「副社長、自宅までお送りいたします」

「……は？」

副社長は目を丸くして、私を凝視する。

「心配で私も帰れませんから！　しっかりとご自宅までお送りさせてください」

「何言って――」

「行きましょう！」

彼の声に被せて言い、副社長の腕を自分の肩に回した。

「おい、小山……っ！」

「つかまってください！　これじゃ、いつまで経っても家に帰れませんよ」

有無を言わさず副社長の腕を引っ張ると、彼は渋々私の力を借りて立ち上がった。

やっぱり私の肩につかまっていないと、ふらついてしまうし、足元もおぼつかない。

「一階まで歩けますか？」

「あぁ、行ける」

必死に副社長の身体を支えてエレベーターホールに向かい、乗り込むものの、衣服越しに伝わる副社長の体温は熱い。もしかしたら、さっきより熱が上がっているかもしれない。

一階に着き、到着していたタクシーに乗り込むと、副社長はつらそうに背もたれに体重を預けた。

私もそのまま隣に乗り込む。

「副社長、住所言えますか？」

尋ねると彼はハッとし、運転手に住所を告げる。

ほどなくして発進したタクシー。

依然として苦しそうに呼吸を乱す副社長には、申し訳ないけれど尋ねた。

「副社長、ご自宅の鍵をお預かりしてもよろしいですか？　それと、部屋番号も教えてください」

「鍵は……悪い、ジャケットの内ポケットに入っている。それと、部屋は三十階三〇一一号室」

「三十階の三〇一一号室ですね。えっと……鍵のほう、失礼します」

ジャケットの内ポケットに手を入れる行為は、いかがなものかと思うけれど、今はそんなことを言っている場合じゃない。

断りを入れ、彼の内ポケットの中を探すと、カードが一枚入っていた。

「副社長、カードしかありませんけど……？」

「それが鍵だ」

えっ⁉　カードが鍵⁉　でも、住んでいるのが三十階って言ってたし、きっと高級マンションなんだろう。そうか、そうなんだ。

軽くカルチャーショックを受けながら、カードキーを抜き取った。

「わかりました、預からせていただきますね。着くまで、どうぞお休みください」

「悪いな」

副社長、さっきから『悪い』って言ってばかり。謝ることないのに。私こそ悪い。恥ずかしくて彼の顔をろくに見ようともせず、そのせいで気づくのが遅くなってしまったのだから。ちゃんと注意していれば、もっと早くに気づけたかもしれないのに。不甲斐なくて膝の上でギュッと手を握りしめると、副社長は「フッ」と笑った。

「驚いたよ、まさかお前に怒られる日が来るとは」

「それはっ……！　怒るに決まってますよ」

ここがタクシーの中だということを思い出し、声を潜めて抗議をすると、副社長は笑い声を漏らす。

「そうかもしれないが、新鮮だった。……たまにはいいな」

そう言って目を細めて私を見つめる副社長に、胸がトクンと鳴る。

「それに嬉しかった。あの日以来、お前に避けられていたから。……嫌われたのかと思った」

「……え」

〝あの日〟って、それはあのキスをした日のこと……だよね？

胸が早鐘を鳴らし始める。

すると、副社長はつらそうに顔を歪め、瞼を閉じた。そしてポツリポツリと言葉を漏らしていく。

「お前に嫌われたのかと思って、声をかけられなかった。怖かったから……」

「副社長……」

ずっと聞きたかった。『どうしてあの日、私にキスをしたんですか』って。

副社長の気持ちを知るのが怖くて聞けずにいたけれど、もしかして、彼も私と同じだったの？　怖かったなんて……。

胸が苦しいくらいに、ギュッギュッと締めつけられていく。

副社長……もう私、完全に自惚れてしまってもいいですか？　副社長も私と同じ気持ちだと思ってもいい？　彼の本音が知りたい。

「あの――」

「お客様、着きました」

タイミング悪く副社長の自宅マンション前に着き、聞けなくなってしまった。

「あ、ありがとうございました。おいくらでしょうか？」

運転手に料金を支払い、どうにか副社長に頑張ってもらって、タクシーから降りたものの……。彼の身体を支えたまま、目の前にそびえ立つ高層マンションを呆然と見上げる。

きっとすごいところに住んでいるんだろうな、とは思っていたけれど、これは想像以上だ。

「小山……？」

「あ、すみません！　行きましょう」

ハッと我に返り、副社長とともに歩きだす。

すると、見えてきたのはまるで一流ホテルのようなエントランス。

自動ドアが開くと、コンシェルジュの男性が駆け寄ってきた。

「一之瀬様、大丈夫ですか？」

コンシェルジュは、すぐに副社長の身体を支えてくれた。

「すまない」

「お部屋まで、ご一緒いたします」

「ありがとうございます」

助かった。正直、副社長をひとりで部屋まで運べるか不安だったから。

エントランスを抜けてエレベーターに乗り、三十階へと上がっていく。ドアが開いた先は広々としていて、部屋数も少ない。さすがは高層マンションの最上階だ。

「こちらでございます」

やっと辿り着いた三〇一一号室前。

タクシーの中で預かったカードキーで開けると、副社長に寝室の場所を教えてもらい、コンシェルジュとふたりで彼を運んだ。

そして、無事にベッドに寝かせると、自然と息が漏れた。

「あの、ありがとうございました。とても助かりました」

ここまで一緒に運んでくれたコンシェルジュの男性に、深々と頭を下げると、彼は恐縮したように言った。

「いいえ、当然のことをしたまでです。どうぞ、お大事になさってください」

「はい。本当にありがとうございました」

玄関先で再び頭を下げ、彼を見送った。

副社長を自宅まで送り届けることができて、ホッとしたものの、ベッドに寝かせたままの彼が気になり、再び寝室に向かうと、彼は息苦しそう。

ネクタイ、緩めたほうがいいよね。それに、ジャケットも着たままだと皺《しわ》になっちゃう。

ベッド脇に膝をつき、副社長に声をかけた。

「副社長、ジャケット脱げますか？　できれば、着替えもしたほうがよろしいかと」

「……あぁ、そうだな」

そう言うと、副社長はどうにか起き上がり、ジャケットを脱いだ。それを受け取り、クローゼットのハンガーにかける。

「あとはもう大丈夫だから。……助かった」

「でも……」

「いいから」

ネクタイを外し、ベッドに横になった副社長。

心配だけど、いつまでも私がいたらゆっくりできないよね。

「わかりました。それではこれで失礼します。……しっかり休んでくださいね」

「わかってる」

腕で顔を覆ったまま、力ない声で言われても不安になるけれど、後ろ髪を引かれる思いでバッグを手に、寝室をあとにした。

玄関でパンプスを履き、いざ帰ろうとしたものの、カードキーを預かったままなことを思い出した。

「危ない。持って帰ってしまうところだった」

どうやらオートロックのようで、さっきコンシェルジュが帰ったあと、自動で鍵がかかった。それなら、私が出る時にはこのカードキーは必要ない。

副社長に返しに行こうとした瞬間、いきなりロックが解除され、ドアが開かれた。

「……え？」

「……は？　誰？」

ドアの先に立つ人物と声が被った。目を丸くして私を凝視しているのは、二十代前半くらいの、小柄で可愛らしい女性。

この人は、一体誰……？

自然と目がいってしまうのは、彼女が手にしている同じカードキー。

つまり合鍵ってことだよね？　それを持ってるってことは、もしかして……。

ドクンドクンと心臓がせわしなく動きだす。

考えたくないけど、だけど……。

ただじっと彼女を見つめることしかできずにいると、彼女は顔をしかめた。

「あなた誰？　どうして和くんの家にいるわけ？」

〝和くん〟という親しげな呼び名に胸をざわつかせながらも、慌てて答えた。

「私は副社長の秘書を務めております、小山と申します」

「秘書？」

片眉を上げる彼女に、事情を説明していく。

「はい。副社長、高熱を出され、おひとりではお帰りになれず、お送りさせていただきました」

「嘘っ……！　和くん、体調悪いの⁉」

「はい」

途端に彼女は慌てだした。

「送ってくれてありがとう。あとは彼女の私に任せていいから」

〝彼女〟の言葉に心が大きく揺れる。

やっぱりそうなんだ。この人が副社長の彼女。

予感はしていたけれど、見事に的中したところで嬉しくない。

「それも預かっておくわ」

「あ……」

呆然としていると、手にしていたカードキーを彼女に奪われてしまった。

それを目で追った先には、彼女の勝ち誇った顔。

「ごくろうさま。気をつけて帰ってね、秘書さん」

そう言うと彼女はパンプスを脱ぎ、通い慣れた様子で寝室へと消えていった。

バタンとドアが閉まる音を聞き、慌てて副社長の自宅をあとにする。エレベーターの呼び出しボタンを押すと、ドアはすぐに開かれ、乗り込んだ。

「……彼女、いたんだ」

下がっていくエレベーターの中で、ポツリと声が漏れる。

そんな噂聞いたことなかったし、気づきもしなかった。でも、可愛らしくて着ていた服も、身につけていたアクセサリー類も、どれも高そうなもので、彼女こそ副社長の彼女にふさわしい人だと思う。

一刻も早くここから離れたくて、一階に着くと全速力でエントランスを抜けていく。外に出て歩道に出ても、全力でひたすらずっと。

私なんて相手にされるわけがないってわかってたけど、それでも気持ちは止められなくて、ますます副社長を好きになるばかりで。

キスされたくらいで、何自惚れちゃっていたんだろう。ちょっと優しい言葉をかけられたからって、彼も同じ気持ちかもしれないだなんて……とんだ思い違いだ。

ううん、副社長が悪い。あんなキスして私を好きな素振りを見せて。さっきだって私に嫌われたかと思ったなんて、意味深なことを言ったじゃない。それなのに、彼女がいたなんて――。麻生さんより最低だ。

それなのにどうしてかな？　怒りなんて湧き起こってこない。ただ悲しくて苦しい。次第に息はあがり、歩道の一角で足を止め、肩を大きく上下させながら呼吸を落ち着かせる。

好きになる前から覚悟していたじゃない。最後に傷つくのは自分かもしれないって。それがただ現実になっただけ。それなのに、胸が張り裂《さ》けそうなほど苦しいのはなぜだろう。

涙がこぼれ落ち、その場に崩れ落ちる。悲しくて苦しくて、人目も気にせず声をあげて泣いてしまった。

任務その12『副社長の気持ちを確かめよ』

正直、あれからどうやって家に帰ってきたのか覚えていない。気づいたら自宅のリビングのソファに座っていて、夜が明けていたんだ。

「うっ……頭痛い」

月曜日の朝。

いつもより早めに起きたものの……頭痛がひどくて頭を抱えてしまう。それでもどうにか起き上がり、洗面所で顔を洗おうとしたけれど、鏡の前で愕然《がくぜん》とした。

「ひどい顔」

鏡に映る自分の顔を、そっと指で撫でた。

この二日間、どこに行くこともなく、ただひたすら泣いて過ごした。おかげで目は腫《は》れ上がり、あまり寝ていないせいで目の下にはクマができている。

頭は相変わらずズキズキと痛いし、あれ……？　心なしか顔も赤い気がする。それに、さっきから身体の節々が痛い。

「ちょっと待って」

フラフラになりながらリビングへ戻り、体温計で熱を測る。すぐにピピッと鳴り、表示を確認した瞬間、目を疑った。39度もあったのだから。

「嘘でしょ⁉」

思わず大きな声を出した瞬間、頭にズキッと痛みが走り、そのままソファに倒れ込んだ。

熱を出すなんて最悪だ。でも当然かもしれない。ずっと泣いて過ごして、ろくに食事もとっていなかった。熱を出したのは自業自得。でもこんなこと言ったら社会人失格だとわかっているけど、正直、熱が出て助かった。

今日にはきっと、副社長はしっかり体調を整えて出勤してくるはず。なのに、こんなひどい顔で会えないよ。どんなにメイクでカバーしたって、無理だもの。それに、まだ私には時間が必要。副社長に彼女がいるって事実を受け入れ、彼のことを諦《あきら》めるための心の整理をする時間が。

あれほどたくさん泣いたというのに、思い出すとまた涙が込み上げてくるから困る。

「とにかく、会社に電話しないと……」

けだるい身体に鞭《むち》打って起き上がり、寝室に置いてあるスマホを取りに行く。そして会社に電話を入れ、田中さんに繋いでもらう。休みの件と、副社長の秘書業務で今日すべきことを口頭で伝えると、それだけでどっと疲れてしまった。

「とりあえずおでこを冷やして、薬も飲まないと。……あ、その前に何か食べないとダメじゃない」

こういう時、ひとり暮らしは寂しくてつらいと思い知らされる。実家はすぐ近所で、電話をすればすぐにお母さんが来てくれると思う。でも、そうやっていつまでも甘えていたらダメだ。

早く熱を下げて、会社に行かないと。……この先、ずっと逃げ続けるわけにはいかない。私は副社長の秘書なんだ。会社に行けば、嫌でも彼と顔を合わせ、話さなければならなくなる。

失恋はしちゃったけれど、だからこそ、せめて秘書の仕事は続けたい。恋も仕事も失うことなんてしたくないから。

重い身体を引きずりながら冷凍しておいたご飯でお粥《かゆ》を作り、なんとか食べて薬を飲む。そして、額と目元を冷やしながらベッドにもぐり込んだ。

このまま寝たら副社長のこと、好きじゃなくなっていればいいのにな。そうしたら意気揚々《ようよう》と出勤して、張り切って仕事をして。秘書として頑張っていけるのに。

瞼を閉じると、ひと筋の涙がこぼれ落ちる。

一度芽生えた恋心は、そう簡単に消えてくれそうにない。副社長がどんなに最低な人でも、彼の優しさに触れてしまったから。

最初はあんなに苦手だったのにな。やだな、瞼を閉じると、どうしてこう副社長のことばかり考えてしまうんだろう。早く寝て治さないといけないのに。

それでも薬が効いてきたのか、少しずつ睡魔が襲ってきて、いつの間にか深い眠りについた。


意識がまどろむ中、耳に届いたのは電話の着信音。

「んっ……電話？」

重い瞼を必死に開けると、部屋の中は真っ暗。

あれ？　私が寝たのは、確か朝だったはず。なのに、こんなに部屋の中が真っ暗ってことは、一日中寝ていたってこと⁉

まさかの事態に眠気も吹っ飛ぶ。

そして、ベッドサイドに置いてあったスマホを手に取り画面を見ると、時刻は二十時過ぎ。

電話の相手は紗枝だった。心配してかけてきてくれたのかもしれない。

通話マークをタップすると、思わずスマホを耳から離したくなるほど、大きな声が聞こえてきた。

『もー！　どうして電話に出ないのよ！　のたれ死んでるんじゃないかと思って、気が気じゃなかったじゃない』

「ご、ごめん……」

もしかして寝ている間も、電話をかけてくれていたのかな？

そう思うと申し訳ない。

『それにしてもびっくりしたわよ。健康体そのものの菜穂美が、風邪で休みだなんて。最近忙しくてあんたの話、なかなか聞く機会がなかったから、もしかしたら風邪じゃないのかもしれないって思ったんだけど、私の取り越し苦労だった？』

「あ、ううん。本当に熱が出ちゃって。それで、その……」

あれ？　でも、お粥を食べて薬を飲んでたっぷり寝たからか、頭痛は収まっているし、身体も朝よりすっきりしている。

よかった……とホッとしていると、電話の向こうから疑り深い声が聞こえてきた。

『それで、その……何？　やっぱり何かあったわけ？　ちょうど今、駅から歩いて帰ってるところだから聞かせてみなさいよ』

紗枝にそう言われると、すぐに弱音を吐きたくなる。彼女に話を聞いてほしくて、先週に起こったことを包み隠さず話した。

『えっと……ちょっと待って。あまりの急展開ぶりに、頭がついていかないんだけど』

「だよね」

電話越しでも容易に想像できる。頭を抱えて混乱している紗枝の姿が。

『なんなの？　副社長にキスされた？　なのに、向こうには彼女がいただと⁉』

頭の中を整理するように、言葉にした紗枝。

「……うん」

私が頷くと、彼女は声を荒らげた。

『嘘でしょ⁉　信じられない‼　何それ、最低！　副社長がそんな人だとは思わなかった！』

紗枝は副社長を一気に罵《ののし》るも、すぐに大きなため息をつき、ボソッと囁いた。

『それでも菜穂美は、副社長のことが好きなんでしょ？』

「え……？」

驚き呆気に取られていると、紗枝はクスリと笑った。

『菜穂美とはまだまだ付き合いは短いけど、あんたの気持ちくらい、顔を見なくたってわかるわよ。副社長のことを話す声を聞いたらね』

「紗枝……」

言葉が出ない私に、紗枝はさらに話を続けた。

『私だったら、絶対副社長のこと嫌いになっちゃうけど、菜穂美は違うんでしょ？　だから、熱を出すほど泣いちゃったんでしょ？　違う？』

彼女の声は確信を得ている。どうやら、紗枝は何もかもお見通しのようだ。

「でも、好きでいても仕方ないよね。合鍵を持つほど親密な彼女がいる人を好きになったって、報われることなんてないんだから。……早く忘れようと思う」

弱音を吐露すると、紗枝からは意外な言葉が返ってきた。

『どうして忘れる必要があるの？　だって副社長は結婚しているわけじゃないんだよ。だったら、まだわからないじゃない』

「え……でも」

戸惑う私に、紗枝は力強い声で言った。

『だって、副社長は彼女がいたのにあんたにキスしたのよ。もしかしたら、菜穂美に惹かれているかもしれないじゃない。それに、菜穂美はまだ副社長に自分の気持ちを伝えてないでしょ？』

「それは……」

紗枝の言葉に思い出してしまうのは、あの日、副社長と交わしたキス。甘くてとろけそうなキスに、彼も同じ気持ちでいてくれているんじゃないかと錯覚させられた。

『だったら、ますます気持ちを伝えないと！　言わずに後悔するより、言って後悔したほうが、私は絶対いいと思う‼　せっかく新しい恋ができたんだもの、最後まで頑張ってほしい』

紗枝の思いに胸が熱くなる。そうだよね、私……まだ副社長に何も伝えていない。それなのに、気持ちを押し殺して告白もせずに諦めたら、きっと後悔する。

「ありがとう、紗枝。……勇気出た。私、頑張ってみるよ」

『うん、頑張って。応援してるから。それに何かあったら、いつでもこうやって話を聞くから。夜中でもいいから、電話してきて』

「ありがとう」

紗枝がいてくれて、本当によかったと心の底から言えるよ。彼女と出会えていなかったら、って想像するだけで怖くなるほどに。

自然と口元が緩んだ時、来客を知らせるインターホンが鳴り響いた。

「あ、紗枝、ごめん、誰か来たみたい」

『うん聞こえた。私もちょうど家に着いたから切るよ。早く治してね』

「本当にありがとう。仕事お疲れさま」

紗枝と言葉を交わしながら立ち上がり、通話が途切れたスマホを手にしたまま玄関へと急ぐ。

最近ネット通販で洋服を数着買ったから、きっと宅急便だろうと思い、パジャマ姿のままドアを開けた。

「すみません、お待たせしま……」

ドアノブに手をかけたまま、言葉が続かない。だってドアの先にいたのは宅急便のお兄さんではなく、副社長だったのだから。

硬直していると、彼は私の様子を窺ってきた。

「悪い、突然来たりして。ただ、日中何度か電話をかけたが出なかったから、心配で」

彼の瞳は揺れている。

「えっ？」

電話……？　副社長が？

咄嗟にスマホで着信履歴を確認すると、副社長と紗枝が交互に電話をかけてくれていた。

「すみません、ずっと寝ていて気づきませんでした」

謝ると、副社長は首を横に振った。

「いや、かまわない。……無事でよかったよ」

心底安心したように微笑む彼に、胸が鳴ってしまう。それと同時に思い知らされる。

やっぱり、私は副社長のことが好きだって。

「ありがとうございます。あの、副社長はもう大丈夫なんですか？」

「あぁ、お前のおかげで。金曜日は悪かったな。今日お前が休んだのも、俺の風邪がうつったからだろう？」

申し訳なさそうに眉尻を下げた副社長に、手を左右に振った。

「いいえ。違います！　これは完全なる自分の不注意でして。あ、でも、もうすっかりよくなったので」

元気さをアピールをすると、副社長は安堵《あんど》のため息を漏らした。

「そうか。元気になったなら、家に上げてもらってもいいか？」

「えぇ⁉」

突然の申し入れにドキッとしてしまう。

家に上がる？　副社長が？

「もう少し、お前と一緒にいたいから」

ボソッと囁かれたセリフに、目を丸くする。

どうして副社長は、そうやって私を勘違いさせるようなことばかり言うのかな？

だって彼女がいるんでしょ？

彼に気持ちを伝えようと決めたけれど、こんなかたちで伝えたくない。だから必死に笑顔を取り繕《つくろ》った。

「あ……でも、あの……今部屋の中、相当散らかってまして……」

やんわり断ったものの、彼はすぐに言った。

「気にしないよ。それに病み上がりでつらいなら、家の片づけくらいさせてくれ。この間のお礼も兼ねて」

ズルいですよ、副社長。どうしてそんなことを言うの？　私は必死に気持ちを抑えているのに。

「ダメか？」

小さく首を傾げて聞いてきた副社長に、気持ちが抑え切れなくなる。

「そんなのダメに決まっています！　……彼女がいる男性を家に上げることなんて、

できません」

「……は？　彼女？」

思わず口走ったものの、副社長は身に覚えがないと言いたそうに顔をしかめた。

「何を言ってるんだ？　俺に彼女なんているわけないだろう」

「……っ、嘘つかないでください！　だって私会いましたから！　……副社長の家で」

「俺の家？　……それって金曜日か？」

尋ねてきた彼にコクリと頷くと、副社長は深いため息を漏らし、頭を抱えた。

「違う、あれは彼女じゃないから」

「え、でもっ……！　副社長のこと〝和くん〟って呼んでいましたよ？」

しどろもどろになりながら言うと、副社長は呆れ顔で言った。

「小山、それ妹だから」

「……へ？」

い、妹⁉

まさかの話に、ずいぶんと間抜けな声が出てしまった。

そんな私に、副社長は繰り返す。

「だから俺の妹。あいつ、いい歳してブラコンなんだよ」

「え……妹って……えぇっ⁉」

驚きのあまり大きな声が出てしまうも、すぐに玄関先だということを思い出し、バッと両手で口元を覆った。

「とりあえず妹の件も話したいから、家に上げてくれないか？　ここじゃ、なんだし」

「は、はい」

頭の中はいまだにパニック状態。けれど、私も副社長の口からちゃんと聞きたい。

1LDKの部屋のリビングに副社長を招き入れたものの、自分の家に彼がいる違和感に、落ち着かなくなる。

「えっと、どうぞこちらに。何か飲みますか？」

「大丈夫。それに、言ってくれれば俺が用意するから。お前は？　喉が渇いたか？」

リビングに案内したものの、逆に気遣われてしまった。

「いいえ、私も大丈夫です」

とりあえずソファに腰を下ろすと、ワンテンポ遅れて副社長も隣に腰かけた。

たったそれだけのことで、心臓が飛び跳ねる。副社長には彼女がいないと聞いたからこそ、余計に。

おまけに今の私はスッピンにパジャマ姿ということも思い出し、あわあわする。

けれど、もう副社長にばっちり見られちゃったし、今さら着替えてメイクするわけにはいかない。そうわかりつつも、心が落ち着かず、膝の上で固く手を握りしめていると、彼が口を開いた。

「さっきの話の続きだけど、金曜日、俺の家に来たのは妹の美和子《みわこ》だから。週末は、よく家に泊まりに来ているんだ」

「そうだったんですか……」

あの可愛い人が、副社長の妹だったなんて。

「よかった」

「……え？」

なぜか驚いた顔で、私を凝視してくる副社長。

え……あれ？　ちょっと待って！　私ってば、今、言葉に出しちゃっていた⁉

思わず漏れた本音に、副社長は瞬きを繰り返しながら私を見つめてくる。

「あの……違うんです！　その、『よかった』っていうのは、ですねっ……」

必死に弁解しようとすればするほど、口がうまく回らなくなる。これでは、副社長に彼女がいなくて安心したと言っているようなもの。恥ずかしくて、身体中が熱くなっていく。

どうしよう、なんて言えばいい？　絶対聞こえていただろうし、気づかれちゃったよね？　私の気持ち。

ドクンドクンと高鳴る胸の鼓動。

副社長に彼女はいなかった。……それに私、決めたじゃない。彼に自分の気持ちを伝えようって。後悔しないようにって。

覚悟を決め、いまだに驚いている副社長を見つめ返した。

「あの……『よかった』っていうのは本音です。だって私、副社長のことが好きだから。だから、彼女がいないとわかって安心しました」

「小山……」

思い切って副社長に伝えると、それまでの驚きの表情が、一瞬にして優しくなった気がした。

言ってしまった。でも、彼への想いは好きって言葉だけじゃ足りない。

「正直、秘書になるまでは副社長のことが苦手でした。でも、一緒に働くようになって、副社長が優しくて誰よりも会社のことを考えていると知り……。でも、意外と不器用な一面もあって、麻生さんのことも、このままでいいのかって厳しく言ってくれて嬉しかったです。そうでなかったら、私はいまだにウジウジ悩んでいただろうから」

言葉にして初めて知る。好きって気持ちだけじゃない、私は副社長のこと、尊敬もしているんだ。だからこそ彼に対する想いは〝好き〟だけじゃ足りない。

「不釣り合いなのは、充分承知しています。それでも私、どうしようもないくらい副社長のことが好きなんです。彼女がいるとわかっても、嫌いになれなかったくらいに。だから私っ――」

「もういい」

副社長は話の途中で声を被せると、私の身体を抱き寄せた。そして、抱きしめる腕の力を苦しいほど強める。

「もういいよ。……お前の気持ち、ちゃんと伝わったから」

「副社長……」

感じる彼の温もりと、背中や髪を優しく撫でてくれる大きな手に、なぜか泣きそうになる。大好きな人の腕の中は幸せすぎて、こんな気持ち初めて感じる。

「すっげぇ嬉しい。俺もお前のこと、好きだから」

「……え？」

好き？　副社長が私をっ⁉

思わず彼から離れ、顔をまじまじ見つめると、副社長はクスッと笑みをこぼした。

「本当だよ、お前のことが好きだ。……好きでたまらなくて、みっともなく嫉妬して無理やりキスしちまったくらい」

「……っ」

とろけてしまいそうなほど優しい瞳に胸が締めつけられ、声が出ない。

そんな私を、副社長は再び強く抱きしめた。

「最初は、なんて面白いヤツなんだろうって思ってた。でも実際に俺の秘書として働くようになって、一緒に過ごす時間が増えて。お前は予測不可能なことばかりしてくるし、そのたびにこっちはハラハラしっぱなしだった」

脳裏に浮かぶのは、秘書になりたての頃の失敗や、リバティのパーティーでの一幕。

この短期間に、私は副社長をたくさん驚かせ、迷惑かけてしまったよね。

彼の胸の中で自己嫌悪に陥っていると、副社長は私を抱きしめる腕の力を強めた。

「でも、そんな事態を楽しんでいる自分もいたんだ。今までと同じ仕事をしてきたはずなのに、これまでの日々がもったいなく思えたよ。もっと生き生きと仕事してこれたのかもしれない、って。……それに気づかせてくれたのは、お前だった」

「副社長……」

嬉しい言葉に、目頭が熱くなっていく。

「それに、俺が弱音を吐けたのもお前が初めてなんだ。父さんのことも、自分の思いも、お前にならなんでも話せるんだ。一緒にいると心地よくて、誰よりもお前のそばにいたいとさえ思った。……知らなかったよ、自分がこんなに独占欲が強いなんて」

甘い言葉に胸がキュンと鳴ってしまった。

これって夢じゃないよね？　夢の世界の出来事で、あと少ししたら目が覚めて紗枝から電話がかかってくる、っていうパターンじゃないよね？

そんな風に考えてしまうほど、幸せすぎて怖い。

すると副社長はゆっくりと私の身体を離し、真剣な眼差しが向けられる。

「好きだよ。……これからもずっとそばにいてほしい。できるなら、一生」

「副社長……」

まるでプロポーズのような愛の告白に、涙腺が崩壊し、涙がポロポロとこぼれ落ちていく。

そんな私を見て、副社長は目尻に皺をたくさん作って笑った。

「どうして泣くんだよ」

そう言っているくせに、涙を拭ってくれる手は優しい。

「俺は返事が欲しいんだけど？　……これからも、ずっとそばにいてくれないか？」

「は、い……はい！」

嬉しくて幸せで、自分から副社長の胸元に顔をうずめた。

好き。副社長が大好き。

声にならない気持ちを伝えるように彼に抱きつくと、副社長はそっと私のつむじにキスを落とした。

びっくりして顔を上げると、すかさず唇にキスが落とされる。

「んっ……」

深くなる口づけに声が漏れる。必死に彼に応えていると、徐々に身体中の力が抜けていき、そのままソファに倒れ込んでしまった。

副社長越しに見えるのは、天井のクロス。彼は愛しそうに私を見下ろし、頰や耳、瞼や鼻へ次々にキスを落としていく。

ど、どうしよう……！　副社長とこうしていられるのは幸せだけど、まだちょっと心の準備が……っ！　それに私、だいぶ汗をかいたし、下着だって可愛くないし。何よりせっかく副社長、体調がよくなったのに風邪をうつしちゃうかもしれない。

いろいろな思いが頭の中を駆け巡る。

副社長は私の首元に顔をうずめ、彼の手がパジャマの中にもぐり込む。

そしてお腹に直に触れてきた瞬間、白旗を上げた。

「ふ、副社長っ……！　すみません、限界ですっ」

「え……あ、おい小山⁉」

身体中から湯気が出ているんじゃないか、ってほど熱い。どうやら熱が上がってしまったようで、副社長にすぐさまベッドへと連行されたのは言うまでもない。

任務その13『幸せになること』

「いやはや、本当によかったわよ。何もかもうまくいって」

泣き真似をする紗枝に苦笑いしながら「ありがとう」と伝えると、彼女は顔を綻ばせた。

副社長と両想いになれた日から、四日後の金曜日。

大事を取ってもう一日休むように副社長に言われ、水曜日に出社することができたものの……。休んだ分の雑務に追われ、ようやく今日、紗枝とランチをともにすることができた。

副社長には彼女がいなかったこと、自分の気持ちを伝えたこと……そして両想いになれたことを伝えると、紗枝は自分のことのように喜んでくれた。

「これで私も安心して彼氏を作れるわ」

オーバーに胸を撫で下ろし、ズズッと音をたててそばを啜《すす》る紗枝。

「えぇー、何それ。ただ単に、面倒だから作らなかっただけでしょ?」

紗枝はモテる。なのに彼氏を作ろうとしない。今は仕事を覚えることと、私の面倒を見るので手一杯だなんて以前言っていたけど。

私もそばを啜りながら抗議すると、彼女はおどけてみせた。

「あ、バレちゃった？　でも、これからは菜穂美と頻繁に遊ぶわけにはいかなくなるし、私も本腰入れて彼氏作ろうかなぁ。菜穂美が幸せだと、私も幸せになりたくなる」

箸を手にしたまま、ため息交じりに頬杖をついて話す紗枝に、笑ってしまった。

「じゃあ、今度は私が紗枝の力になるから、遠慮なく頼ってね」

すると、紗枝はなぜか渋い顔をした。

「えぇ～……菜穂美に協力されたら、うまくいかなくなりそうなんですけど」

「ちょっと⁉」

すかさずツッコむと、紗枝は「冗談だよ」って言いながら笑った。最後に「その時は思いっ切り頼るからね」と言って。


「あれ、あれれ？　ドアノブどこ？」

この日の午後。使用した社内資料を保管庫に戻しに来たものの……。一度で済ませたくて、両手いっぱいに持ってきたのが運の尽き。ドアノブの位置が資料で見えなくて、手探りするけれどつかめない。

資料は思った以上に重くて、腕のしびれがそろそろ限界に来ている。

どうしたものかと四苦八苦していると、「どうぞ」という声とともに保管庫のドアが開いた。

「すみません、ありがとうございます」

「どういたしまして」

開けてくれた相手を確認すると、試用期間中にお世話になった、総務部の野原主任だった。

「野原主任！」

「久しぶりだね。小山さん。どう？　秘書の仕事には、もう慣れた？」

懐かしくてつい興奮すると手が滑り、持っていた資料を床にばらまいてしまった。

「あぁっ！」

やってしまった……！

足元に散らばった資料に呆然としていると、野原主任はクスクスと笑いだした。

「どうやら、お変わりないようで」

「……おかげさまで」

ふたりで顔を見合わせ、声をあげて笑ってしまった。

「すみませんでした、拾うのを手伝わせてしまって」

「ううん。慣れているから」

相変わらず容赦ない野原主任に、苦笑いするばかり。

「部署は離れちゃったけど、これからも小山さんは、俺にとって可愛い部下のひとりに変わりはないから。何かあったらいつでも頼ってね」

「野原主任……」

優しい言葉にジンとしていると、突然聞こえてきたのは不機嫌そうな副社長の声。

「小山、資料を片づけるのにいつまでかかっているんだ。頼みたい仕事があるから、早く戻れ」

「わっ⁉　す、すみません！」

副社長は一方的に言うと、スタスタと行ってしまった。

すると野原主任は感慨深そうに「驚いた。副社長でも嫉妬するんだね」なんて言ってきた。

「……え、嫉妬？」

キョトンとする私に、野原主任は頬を緩めた。

「あれはどう見ても妬《や》いてるでしょ。俺と小山さんが、仲良さそうに話していたからだよ」

　嘘……副社長が嫉妬？　信じられないけど、本当なら嬉しい。

「ごちそうさまです。それは俺が片づけておくから、早く戻ったほうがいいよ。でないと、ますます不機嫌になっちゃいそうだから」

「あ、はい！　本当にありがとうございました！」

　野原主任に背中を押され、副社長室へと戻る。

　ドアをノックして副社長室に入ると、彼は椅子に深く腰かけていた。

　まだ怒っているかな？

「副社長、頼みたい仕事とは？」

　恐る恐る尋ねると、副社長は立ち上がり、私の前まで来るといきなり抱きしめた。

「ふっ、副社長!?　今は仕事中です!!」

　まさか勤務中にこうされるとは夢にも思わず、テンパってしまう。

「わかってる。……頼みたい仕事なんてない。ただ、お前が野原と楽しそうに話していたのが面白くなかっただけだ」

「え……」

　嘘、副社長ってば本当に嫉妬してくれたの？　どうにかして彼の顔を覗き込むと、ほんのり耳が赤く染まっている。それだけで胸がキュンと鳴る。

「面白くないってなんですか？　……私が好きなのは、副社長なのに」

「仕方ないだろ？　お前が好きだから、独り占めしたいんだ」

まるで子供のように少しだけ拗《す》ねて話す様子に、彼への想いが込み上げる。

「だから少しだけ、こうさせてくれ。……お前が愛おしくてたまらないんだ」

「……少しだけ、ですよ？」

彼を見上げて言うと、苦しいほどきつく抱きしめられた。

入社当時は、まさかこの私が副社長の秘書になって、彼を好きになって、両想いになるなんて夢にも思わなかった。ずっと『恋愛なんてできない』『こんな私は幸せになれない』と思っていたけれど……彼となら私でも幸せになれるよね？

ゆっくりと離される身体。

愛しそうに目を細める彼に、胸が高鳴る。近づく距離にゆっくりと瞼を閉じると、甘く掠れた声で囁かれた。

「菜穂美……」

このタイミングで初めて下の名前で呼ばれ、胸がいっぱいになる。それでも彼とキスがしたくて、その瞬間を待っていると、副社長のスマホが急に音を鳴らしだした。

目を開けると、副社長はイライラした様子でポケットからスマホを取り出す。そして電話の相手を確認すると、舌打ちしながらぶっきらぼうに出た。

「なんですか、代表。今代表と話している暇はないのですが。くだらないことでしたら怒りますよ」

ギョッとする私をよそに、副社長の表情は険しさを増すばかり。けれど、最後に彼はとんでもないことを言って電話を切った。

「父さん、早く孫の顔を見たいなら、おとなしくひとりで出張へ行ってください。俺は絶対に行きませんからね」

ま、孫⁉　副社長ってば今、孫って言ったよね⁉

目を見開いて驚く私に、副社長はニヤリと笑って言った。「もちろんそう遠くない未来の話だろ?」って。

番外編

特別任務『幸せな家族計画書を作成せよ』

副社長と付き合い始めて、早三ヵ月――。

「え……！　副社長のご実家にですか⁉」

「あぁ。母さんが菜穂美に会わせろ、ってうるさくて」

休日に彼の自宅で夕食を済ませ、のんびりコーヒーを飲みながらテレビを見ていると、副社長が突然驚くようなことを言いだした。

え、実家って、副社長の親である代表家族が住んでいるところですよね⁉　しかも、お母様が私に会わせろとうるさいってことは……もしかして、私が息子の彼女としてふさわしいかどうか、しっかり見定めたいってことですか？

だったら私、絶対アウトじゃない。気に入られない自信が百パーセントある。だって完璧な副社長のお母様であり、一代で会社を大きくした代表の奥様だよ？　きっと、しっかりしたデキる女性に違いない。勝手な想像だけど、厳しくて近寄りがたいような……そんなイメージを抱いてしまう。

交際三ヵ月目にして、いきなりの大ピンチ到来！　どうすればいいの、私……っ！

いや、断るわけにはいかないけれど、会って『金輪際、交際させるわけにはいきません』みたいに言われちゃったら？

カップを手にしたまま、不安と恐怖でいっぱいになる。

「菜穂美……？　どうしたんだ？　急に黙り込んで」

隣に座る彼を見れば、私の様子を心配そうに窺っている。

副社長と付き合い始めてからの私は、毎日が幸せだった。今のこの幸せを失ってしまったら……？　そんなの想像さえできないけれど、私……生きていけない気がする。

どうすればいい？　この先も副社長と一緒にいたいなら、いつかは彼の親族と会わなきゃいけないだろうけど、気に入られる自信がないよ。

「あ、あの副社長……っ！」

テンパッて、咄嗟に手にしていたカップを膝に落としてしまった。

「熱っ……!?」

「バカッ！　何やってるんだ！」

少し冷めていたとはいえ、半分以上残っていたコーヒーがスカートに染み込み、太ももにまで熱が伝わってくる。

彼は声をあげ、手にしていたカップをテーブルに置くと、私を素早く抱き抱えた。

「えっ！　わっ⁉　副社長⁉」

「早く冷やさないと、痕《あと》が残ったら大変だろ！」

余裕のない声に、彼が心配してくれているのが伝わってくる。

バスルームに駆け込むと、彼は勢いよくシャワーを出し、スカートをめくり上げて私の太ももにかけた。

「ふっ、副社長⁉」

下着が丸見えなんですけど‼

「仕方ないだろう？　直接冷やさないと意味がない。しばらくの辛抱だ」

そ、そうかもしれませんが、ちょっとばかり恥ずかしい。

「あの、自分でできますから」

「ダメだ。お前のことだ、また何をやらかすかわからない。火傷《やけど》の次はなんだ？　風呂場で滑って転んで捻挫《ねんざ》？　いや、頭部強打か？」

あり得なくもない話に、何も言い返せなくなる。副社長にお任せするのが賢明だ。

副社長と付き合って三ヵ月。

長いようで短い期間だけれど、彼は忙しい合間を縫《ぬ》って私との時間を大切にしてくれている。平日にできる限り仕事をこなし、休日はなるべく出勤しないようにして、私と一緒に過ごしてくれているんだ。

最近では毎週金曜日から副社長の家にお泊まりして、どこかへ出かけたり、家でのんびりしたり、休日をともに過ごすのがお決まりになっている。

会社でもプライベートでも、私は相変わらず大小様々なミスを犯しちゃっているけれど、副社長はそんな私に呆れつつも愛想を尽かさずにいてくれている。

いや、むしろ私がトラブルを起こすたびに、面白がっているのかもしれない。現に今だって……。

「ふっ……。菜穂美と一緒にいると、本当に飽きないな」

「えっと、それはいい意味で、でしょうか？」

充分に冷やしてもらったおかげで、赤みもひいてきた。

副社長はシャワーを止め、脱衣所からタオルを持ってきてくれた。

てっきり渡されるのかと思って手を伸ばしたけれど、副社長自ら、私の濡れた身体を拭いてくれた。

「……うん、大丈夫そうだ」

胸を撫で下ろした彼の姿に、胸がキュンと鳴る。両想いになれた今も、こうやって彼の優しさに触れるたびに、好きにさせられていく。

胸を高鳴らせながら彼を見つめていると、私の視線に気づいた副社長は、クスリと笑みをこぼす。そして、なんの前触れもなくキスを落とした。

すぐに離れていく唇。

けれど、副社長はすぐに私の耳元に顔を寄せて囁いた。

「せっかくだから、このまま一緒にお風呂に入ろうか」

「……えっ⁉」

一緒にお風呂⁉

オーバーに驚く私を見て、副社長はニヤリと笑う。

「お互い服が濡れたし、いいだろう？　たまには」

「たっ、たまにはって……！」

というか、彼とふたりでお風呂に入ったことなんて一度もないですけど⁉

動揺する私に、彼は追い打ちをかけてくる。

「お前のせいで俺まで濡れたんだぞ？　別々に入ったら、どちらかは出るまで待っていないといけなくなるんだ。それで風邪でもひいたらどうする？」

「いや、ですが……！」

私にはハードルが高すぎるのですが！

「別にいいだろ？　お前の身体なら知り尽くしているんだから」

サラリと意地悪なことを言った彼に、身体中の熱が顔に集中する。

そっ、それはそうかもしれないけど……！

それはあくまで薄暗い部屋の中での話であり、明るいお風呂の中ではない。

でも、そんなことは言えず、ひたすら口をパクパクさせていると、少しだけ副社長の瞳が揺れた。

「それに、コーヒーをこぼすほど嫌なのか聞きたい。……母さんと会うことが」

「え……いいえ！　嫌ってことではなくてっ！」

「じゃあ、どうして？」

間髪《かんはつ》いれずに聞いてきた副社長に、なんて伝えたらいいのか一瞬迷う。

彼の母親に会って、交際を反対されたりしないか不安……なんて言ったら、副社長はどう思うかな？　気分を悪くさせたりしない？

どうやって今の自分の気持ちを伝えたらいいのか迷いに迷っていると、副社長は突然服を脱ぎ始めた。

「ちょっ、ちょっと副社長!?」

ギョッとして両手で目を覆うものの、すぐにその手をつかまれた。視界は上半身が露わになった副社長を捕らえ、どこを見たらいいのかわからなくなる。

「おい、何を今さら照れているんだ。ほら、菜穂美も早く脱いで」

「ぬっ、脱いでって……っ！　あ、ちょっと待ってくださいっ」

「待たない。風邪ひくぞ」

あっという間に副社長に服を脱がされ、すでに沸かしてあった浴槽の中にふたりで入ったものの……。

「よかったな、早めに沸かしておいて」

背後から私を抱きしめて話す彼の声は、広い浴室によく響き、ドキッとしてしまう。

まさか副社長と一緒にお風呂に入る日が来るとは……。恥ずかしくて振り返れない。

体育座りのまま膝を両手で抱えていると、背後では彼がクスッと笑い、私の身体をギュッときつく抱き寄せた。

さらに密着する身体に、体温が上昇していく。

「ふ、副社長……？」

ドキドキしすぎて声を上ずらせながら呼ぶと、彼は私の身体を抱きしめたまま尋ねてきた。

「母さんに会うのが嫌じゃないなら、もしかして不安……？」

「……それは」

咄嗟に顔だけ後ろへ向けると、不安げに瞳を揺らす彼と視線がかち合う。切れ長の瞳に見つめられると、まるで金縛りにあったかのように視線を逸らせなくなる。

「聞かせろよ、お前の気持ち」

真剣な瞳で射貫かれたら、嘘なんてつけないよ。副社長にどう思われるかわからないけれど、今の正直な気持ちをこぼした。

「副社長のお母さんが私に会いたいのは、その……副社長の彼女としてふさわしいかどうか見定めたいのかなと思うと、不安でして。こんな私では、気に入られる自信がないので」

言葉を濁しながら打ち明けたものの、副社長はポカンとした。

「いや、そんなことないから。母さんは、ただ単純に菜穂美に会いたいだけだよ」

とはいえ、すぐに『そうですか』なんて言えない。

「で、ですが、絶対私とは正反対の、しっかりとしたデキる人ですよね？　そんな方に気に入られるとは到底思えなくて。も、もしかしたら副社長と別れさせられるかもしれないじゃないですか！」

不安な思いを伝えると、副社長は目をパチクリさせたあと、急に顔をクシャッとさせて笑いだした。

「アハハハッ！　別れさせられるって……お前、そんなこと心配していたのか？」

「なっ……！　笑い事じゃありません！　わ、私は本気で不安になってですね……っ」

笑い続ける彼にカチンときて、声を荒らげた。

イライラが募って頬を膨らませると、気づいた彼は笑いを抑えながら「悪い」と謝ってきた。そして、彼の手が私の頬にそっと触れる。

「お前があまりに見当違いなことを言うものだから、つい……」

副社長は私の額にキスを落とし、優しく微笑んだ。

「安心しろ。何があっても、母さんは間違いなく菜穂美のことを気に入るから。な？」

そう微笑みかけられると、大丈夫な気がしてくるから不思議だ。彼に言われただけで安心できちゃうなんて、私ってばなんて単純な性格をしているのだろうか。そう思うと自分が情けなくなり、彼にそっと体重を預けた。

「それにしてもお前は、母さんがどんな人間だと想像していたんだ？　言っておくけど、どこにでもいるような普通の世話好きな人だぞ？」

おかしそうに声を震わせて話す彼に、反論する。

「それは先ほども言いましたが、完璧な副社長のお母様であり、ましてや会社の創業者である代表の奥様ですよ？　誰だってすごく厳しくて、デキる女性だって想像してしまいます！」

断言するものの、彼は呆れぎみに「オーバーな……」なんて言いながら、濡れた髪をかき上げた。

たったそれだけの仕草にドキッとさせられる。いつもはしっかりセットされている髪が濡れて崩れているだけで、妙な色っぽさを感じさせられるから。つい見とれていると、彼の顔がゆっくりと近づいてきて甘いキスが落とされる。啄《ついば》むようなキスを何度も落とされると、何も考えられなくなってしまう。

少しして離れていく唇に名残惜しさを感じながら瞼を開けると、副社長は私を安心させるように言った。

「大丈夫、母さんがお前のことを気に入らないわけがないよ。なんていったって、俺が惚れた女なんだから」

「副社長……」

胸をギュッと締めつけられていると、彼は急に私の鼻をつまんだ。

「痛っ……!?」

思わず手で鼻を押さえると、副社長は面白くなさそうに顔をしかめた。

「その『副社長』って呼ぶのは、会社だけにしろって言ったよな?」

「……すみません、つい」

そうだった。副社長……じゃない。今は和幸さんって呼ぶ約束だった。

「和幸さん……」

そっと名前を呼ぶと、彼は満足げに微笑んだ。

「ん、よくできました」

「あっ……待って、ここではちょっと……」

「無理」

あっという間に再び唇を奪われ、そのあとは彼に与えられる甘い刺激に翻弄《ほんろう》されていった。


「ねぇ紗枝、明日着ていく服、本当にこれで大丈夫かな?」

「大丈夫! そんな感じの清楚風、膝丈ワンピースなら間違いないって」

仕事終わりの金曜日。明日はいよいよ和幸さんの実家へお邪魔する日。紗枝にお願いして、着ていく服を一緒に選びに駅ビルへ来ていた。

何軒か見て回り、紗枝のアドバイスをもらって白の花柄ワンピースを購入したものの……明日のことを考えると、やっぱり不安だ。せっかく入った洋食店の、絶品オムライスの味もよくわからなくなるほどに。

スプーンを手にしたまま明日のことを考えると、ついため息がこぼれる。

そんな私に、紗枝はいつもよりワントーン高い声で言った。

「副社長が大丈夫だって言ってるんでしょ？　だったら心配ないって。彼のことを信じないと」

「う、ん。そうだと思うんだけど……」

やっぱり、好きな人の実家に行くというだけで緊張するもの。それに、あの日のことが気がかりで紗枝に言った。

「ほら、前にも話したじゃない？　妹さんのこと」

「ああ……確か、かなりのブラコンなのよね？　菜穂美に、自分が副社長の彼女だって言っちゃうくらい」

「うん」

そうなのだ……実家へ行くということは、彼の妹である美和子さんにも会うことになる。彼女とは高熱の彼を送り届けた際、会ったきり。付き合い始めてから、いつかはこの日が来ると覚悟していたけれど、いざ会うとなるとちょっと気まずい。

「妹がブラコン。これで母親が交際に大反対してきたら、終わりだね」

紗枝は笑顔で冗談めかして言ったけれど、あり得る話にこっちは笑えそうにない。

想像すると、顔面蒼白になる。

「え、あっ、ちょっと菜穂美？　言っておくけど、あんたを励ますための冗談だからね！」

すぐに紗枝が弁解してきたものの、どうしても不安は募るばかりだった。


「服装よし！　髪型よし！　メイクもよし‼」

翌朝。和幸さんが迎えに来てくれる時間は十時だというのに、五時には起きて準備に取りかかった。少しでもいい印象を持たれたいし、身だしなみはしっかりして行かないと。

そして時間はあっという間に過ぎ、気づけば十時十分前。

時間に厳しい和幸さんのことだ。十分前には必ず来るだろう。

慌てて戸締りをしていると、家のインターホンが鳴った。

返事をし、緊張しながらバッグと、昨夜、紗枝と一緒に選んだ手土産を持って、急いで玄関へと向かった。

自宅から彼の運転する車で約三十分。

辿り着いた先は、高級住宅が建ち並んでいることで有名な場所。その中でもひと際目を引く大きな家の車庫に車を入れ、先に降りた和幸さんのあとを追ったものの……。

実際に門扉の前に立つと、うちの実家とは違いすぎて足を止めて見上げてしまった。

レンガ調の壁で洋風建築の三階建ての大きな家。手入れの行き届いた広い庭には、季節の花が咲いた花壇が見える。

「えっと……ここが和幸さんの実家なんですよね？」

代表の家だもの。そりゃ『豪華だろうな』と覚悟してはいたけれど、これは想像以上だ。

すると彼も足を止め、予想外なことを言いだした。

「あぁ。祖父母も一緒に暮らしているから」

ちょっと待って。一度に和幸さんのおじいちゃん、おばあちゃんにも挨拶するってこと⁉

「聞いていませんけど⁉」

「言ってなかったか？　悪い」

悪いって言われても困る。ただでさえ緊張と不安でいっぱいなのに。

荷物を持つ手の力を強めると、それに気づいた彼は私の荷物を持ち、ギュッと手を握りしめた。

「菜穂美、何度も言っているけど、大丈夫だから」

「でも……」

情けない声を出すと、彼はクスリと笑った。

「それに、そんなに緊張していたら、また何か失敗するんじゃないか？」

うっ……！　和幸さんってば、冗談にもほどがある。

「そんなことを言われると、現実になりそうで怖いです」

ジロリと彼を睨み上げると、和幸さんはなぜか繋いでいた手を離し、口元を覆って視線を逸らした。

「勘弁してくれ。俺、菜穂美のそういう顔に、結構グッとくるから」

「グッとくるって……？」

意味がわからず首を傾げると、彼は周囲を見回したあと、玄関前だというのにキスをしてきた。

「なっ……！」

リップ音をたてて、離れていく唇。

びっくりする私を見て、彼はニヤリと笑った。

「あんな顔されると、キスしたくなるし、その先もしたくなるから勘弁して。わかった？」

そう聞かれて言葉が出ないまま何度も首を縦に振ると、家のドアが勢いよく開く音がした。

驚いてすぐに玄関のほうを見ると、そこには私服姿の代表がいた。

そして、隣には綺麗な五十歳くらいの女性が目を輝かせてこちらを見ていた。

えっと……あの方が和幸さんのお母さん、だよね？

戸惑いながら彼を見ると、和幸さんは私の言いたいことがわかったのか頷いた。

「菜穂美、覚悟決めろよ」

「え、覚悟って……？」

「あなたが菜穂美ちゃんね？　初めまして！」

いつの間にか和幸さんのお母さんが目の前まで駆け寄ってきていて、先ほど以上に目を輝かせて私を見つめてきた。

想像とは違う彼のお母さんに動揺しつつも、『まずは挨拶！』と我に返り、頭を下げた。

「あ、はっ、初めまして！　小山菜穂美と申します‼」

どもりながら自己紹介をすると、お母さんはいきなり私の両手を取り、大きくブンブンと振り始めた。

「来てくれて嬉しいわ。どうぞ上がって。もうずーっと楽しみに待っていたのよ」

「え、あ、あのっ……？」

お母さんは音符マークでもついているんじゃないかってほど弾んだ声で言うと、私の手を握ったまま歩きだした。

「お食事も用意したの。お口に合うといいんだけど」

突き進むお母さんに、強引に連れていかれる。後ろを振り返ると、和幸さんは顔の前で手を合わせて〝悪い〟のポーズをしていて、すれ違った代表はというと苦笑い。

「どうぞ上がって」

「あ……お邪魔します」

あっという間に、家の中に招き入れられてしまった。

家の中は目を見張るほど素敵で、玄関先からリビングへ案内されるまでの間、ついキョロキョロと見回してしまう。

さすが代表の家だ。置かれている家具はもちろん、インテリアひとつとっても高価な物だとわかる。

そして案内されたリビングダイニングは、天井が吹き抜けになっており、開放感抜群で、なんと暖炉まである。

思わず立ち尽くしていると、遅れて和幸さんと代表が入ってきた。

そして、代表はコソッと耳打ちしてきた。

「悪いね、お休みのところ招待してしまって。……千和がどうしても君に会いたいとうるさくてね」

「いいえ、そんな！　こちらこそありがとうございます」

深々と頭を下げると、和幸さんが持ってくれていた荷物を私に渡した。

「これ、わざわざ買ってきてくれたんだろ？」

そう言って差し出されたのは、昨日紗枝と一緒に選んだ手土産。

「ありがとうございます」と受け取り、代表と向き合った。

「あの、これよかったら」

「あぁ、いいのに、そんな。しかしありがとう。……千和、これ、いただいたぞ」

エプロンを探しにリビングから出ていったお母さんを代表が呼ぶと、彼女はパタパタと足音をたてて戻ってきた。

「もう菜穂美ちゃんってば、そんな気を遣わなくてもいいのに」

「だよなぁ。でも嬉しいな、なんだろう……」

顔を綻ばせながら、紙袋の中から取り出し、箱の中を覗き込む代表とお母さんだけど……。

なぜか中身を見た瞬間、代表は顔を真っ赤にさせ、お母さんは慌てて代表の手から箱を奪い取り、紙袋に戻した。

「どうかした？　ふたりとも」

そんなふたりの様子に、私も和幸さんも顔を見合わせてしまう。

私が持ってきたのは、全国的にも有名なパティシエの作ったクッキーだ。代表の顔を赤らめるような物ではないと思うんだけど……。

するとお母さんの顔も次第に赤くなり、気まずそうに袋を返された。

「えっと……菜穂美ちゃん。これはきっと和幸にじゃないかしら」

「え……？」

和幸さんに？　どういう意味？

お母さんに渡された紙袋の中から箱を取り出し、中身を確認した途端、目を疑った。

「どっ、どうしてこれがっ……⁉」

ギョッとする私の横から和幸さんも箱の中を覗き込んできたものだから、急いで箱を紙袋の中に押し込んで胸元で抱え込んだ。

すると箱の中身を見た和幸さんは、大きな声で笑いだした。

「アハハハハッ！　菜穂美、お前っ……なんて物を手土産に持ってきたんだよ」

「ちがっ……！　間違って持ってきちゃっただけです！」

恥ずかしくて目の前に穴があったら、すっぽり入りたいくらいだ。だって私が手土産と間違えて持ってきたのは、昨日ついでに買った新しい下着だったのだから。

どうして昨日買った物を、同じ場所に置きっぱなしにしてしまったんだろう。普段行かないような高級ランジェリーショップだったから、箱入りの包装で、おまけに袋のデザインが似ていたから、こうして間違えて持ってきてしまったわけだけど……。

これはあまりに恥ずかしすぎる。

さっきまで赤面していた代表も、慌てていたお母さんも、和幸さんにつられて笑いだす始末。

あぁ、今日だけは何も問題を起こさないように、とあれほど気をつけていたのに、早速やってしまった。

ガックリうなだれると、お母さんは大きく咳《せき》払いをした。

「笑ったりしてごめんなさい、菜穂美ちゃん。ただあまりにも主人や和幸に聞いていた通りの子で、つい……」

「そうだろう？　だから早く和幸と結婚してくれないか？　我が家が賑やかになる」

「そうね、菜穂美ちゃんがお嫁に来てくれたら毎日が楽しそうだわ」

え、え……えぇっ⁉　勝手に飛躍していく話に、ついていけない。私と和幸さんが結婚だなんて……！

これには、さっきまで笑っていた和幸さんも呆れ顔。

「ふたりとも気が早すぎ」

「何言っているんだ！　そもそも、早く孫の顔を見せてやるから出張にはひとりで行け、と言ったのは、どこの薄情な息子だ⁉」

「真に受ける父親もどうかと思いますが？」

「な、なんだと……っ⁉」

冷静な和幸さんに反して、顔を真っ赤にして怒る代表。

互いに一歩も引かずに始まってしまった親子喧嘩に、オロオロしてしまう。

代表と和幸さんの関係は、家でも会社でも変わらないようだ。

会社では、ここですぐに田中さんが止めに入るところだけど、家では……？

「和幸、大体お前はなっ……！」

和幸さんを指差し、代表の怒りがヒートアップしていく中、お母さんにポンと肩を叩かれた。

「菜穂美ちゃん、もしよかったら昼食の準備、手伝ってくれるかしら。ここにいてもうるさいだけでしょ？」

「はい。……あ、でも……」

いいのかな、ふたりを止めなくても。ふたりの様子をチラチラと見ていると、お母さんは呆れ顔で手を左右に振った。

「あのふたりはいいの、いつものことだから。いちいち相手にしていたら、こっちが疲れちゃうのよ」

「はぁ……」

キッチンへ向かうお母さんについていくものの、リビングにはふたりの……主に代表の大きな声が響き渡る。

けれどそんなの聞こえていないかのように、お母さんはすでにでき上がっていた料理を温め直している。

「菜穂美ちゃん、悪いんだけど、お皿に盛ってくれるかしら」

「あ、はい！」

お母さんが用意してくれていたのは、サラダにサンドイッチ。美味しそうなから揚げといった料理の数々。

「気軽に食べられる物がいいと思って勝手に用意しちゃったんだけど、菜穂美ちゃん、嫌いな物はない？」

から揚げをお皿に盛りつけていると、お母さんが心配そうに聞いてきた。

「いいえ、どれも大好物です！　それに、嫌いな食べ物は特にありませんので」

そう言うと、お母さんは目を細めて嬉しそうに顔を綻ばせた。

「そっか、じゃあよかったわ。それにしてもいいわねぇ、こうやって誰かと台所に立つって。憧れだったのよ、私」

私を見て、お母さんは優しく微笑んだ。

あれ？　妹の美和子さんがいるよね？

手を止めると、お母さんは苦笑いした。

「確か菜穂美ちゃん、うちの美和子と一度会ったことがあるのよね？　和幸から聞いたわ。ごめんなさいね、いつまでも兄離れできない子で。おまけに主人が甘やかしてくれたおかげで、ワガママに育っちゃって。料理もできない子で困っているのよ」

お母さんはため息を漏らしながら言うと、眉尻を下げた。

「これでもひと通り家事ができるようにさせようと、奮闘しているのよ。でもあの子ったら、『お兄ちゃん以上のハイスペックな人と結婚するから、家事なんて覚える必要ない』なんて言うの。嫌になっちゃうわ」

心底呆れたように話すお母さんには申し訳ないけれど、一度しか会ったことがないとはいえ、美和子さんがそんなことを言う姿がちょっぴり想像できてしまった。

「だから、こうやって菜穂美ちゃんと一緒にキッチンに立てるのが嬉しいの。菜穂美ちゃんは、家では料理をするのかしら?」

「あ、はい。それなりには……」

あまり手の込んだ物を作るとヘマしそうだから簡単な物ばかりだけど、なるべく自炊するようにしている。

すると、お母さんは感心して何度も頷いた。

「そうよね、普通の女の子はちゃんと家で料理するわよね。よかったわ、和幸はしっかり人を見る目が備わっていて。……正直、主人から和幸に彼女ができた、って聞いた時は不安だったのよ。どこの世間知らずなご令嬢に捕まったのかなって」

「ご、ご令嬢……ですか？」

思わず聞き返すと、お母さんも手を休めてクスリと笑った。

「ええ。なんせ肩書きが肩書きでしょ？　あの子、見た目だけはいいから、昔から寄ってくる女の子が多いのよ。でも私としては家柄とか関係なく、何か優れてるものを持っていなくてもいい。家庭的で和幸が心から好きって思えて、なおかつ和幸のことを大切にしてくれる人ならって思っていたの」

意外だった。だって和幸さんは将来、我が社のトップに立つ人。そんな人の相手ともなれば、もっと厳しい条件があると思っていたから。

「それに、和幸が私たちに紹介したいって初めて言ってきた子が、同じ会社の部下と聞いてますます嬉しくなったわ。……私も菜穂美ちゃんと同じだったから」

「同じってことは……もしかして」

最後まで言い終える前に、お母さんは大きく頷いた。

「私も元社員だったのよ。主人の妹さんと一緒に、受付社員として勤めていたの」

そうだったんだ。お母さんも私と同じだったんだ。それこそどこかのご令嬢で、お見合いとか、パーティーとかの場で出会ったのかと思っていた。けれど違ったんだ。

お母さんが自分と同じ境遇と知り、親近感がグッと増した。

「私はごく普通の家庭で育った、これといって特技もない人間なの。だから、私も主人もふたりの交際に反対なんてしないわ。美和子も、和幸にきつく言われて反省しているしね。変に気負わないで、和幸とこれからも一緒にいてあげて。あなたの話をする和幸、とても幸せそうな顔をしていたから」

お母さんの話に、胸がトクンと鳴る。そうなのかな。私はもちろん彼のそばにいられるだけで幸せいっぱいになる。

和幸さんも、幸せって思ってくれているのかな？

「本当よ。さっきだってあんなに声をあげて楽しそうに笑う姿、久しぶりに見たわ。大きくなるにつれて、親の前では滅多に笑わなくなっちゃったから。でも、まさかお茶菓子と下着を間違って持ってきちゃうとは……。和幸も想定外だったんでしょうね」

思い出したようにクスリと笑うお母さんに、いたたまれなくなる。しかも紗枝に乗せられて買った勝負下着だったから、余計に。

「和幸は不器用でバカ真面目で……ちょっと気難しいところもあるかもしれないけど、これからも息子をよろしくお願いします」

「そんな、こちらこそ……っ！」

深々と頭を下げたお母さんに、私も慌てて頭を下げた。けれどお互い顔を上げて目が合うと、どちらからともなく笑ってしまった。

来るまでは反対されないか、不安でいっぱいだった。けれど和幸さんの言う通り、そんな心配は無用だったみたい。

「菜穂美ちゃん、取り皿を四枚出してくれるかしら」

「はい！　……あれ、でも四枚で足りますか？」

美和子さんや、おじいちゃん、おばあちゃんも一緒に住んでいるんだよね？

尋ねると、お母さんはサラダを盛りつけながら答えてくれた。

「あ、和幸から聞いたのかしら。祖父母と一緒に暮らしていること」

「はい」

けれど、いる気配を感じない。今は留守中なのかな？

「実は今日、和幸の彼女が来ると聞いて、ふたりとも『一気に家族に会わされたら、緊張するだろうから』って、朝早く出かけていったのよ」

「え……」

「本当は菜穂美ちゃんに会いたかったみたいだけどね。それに、美和子はこの前のことがあったから気まずいらしくて……祖父母が気を利かせて、美和子も連れていってくれたの」

「そうだったんですか……」

でもそれって私が来るから、わざわざ外出されたってことだよね？　ちょっと申し訳ないな。

「あ、ふたりとも無理やり出かけたわけではないのよ。灯里《あかり》ちゃん……あ、主人の妹夫婦の家に遊びに行っただけだから。今度、またぜひ来て会ってほしいわ。ふたりも早く会いたいって言っていたから」

「……ありがとうございます」

私も会ってみたい。和幸さんのおじいちゃん、おばあちゃんに。

「母さん、父さんのことどうにかしてくれない？　いい加減、ウザいんだけど」

「何ぃ？　父親に向かってウザいとはなんだ、ウザいとは‼」

すっかり忘れていた。和幸さんと代表のことを。

ずっと言われ続けていて嫌気が差したのか、和幸さんがうんざり顔でキッチンへ入ってくると、すかさず代表もあとを追ってきた。

「大体、お前はなぁ……っ！」

キッチンでまた始まりそうになったところを、お母さんが間に入った。

「はいストップ！　和臣さん、いい加減にしてください！　そんなことばかりやっていると、菜穂美ちゃん、お嫁に来るの嫌になっちゃいますよ。いいんですか？　ふたりが結婚しても家に来てくれず、和臣さんだけ生まれた孫を抱かせてもらえなくなっても」

「え、いや、あの……」

お母さんの飛躍した話にギョッとし、和幸さんを見るも、彼は『大丈夫』と言うように大きく頷くと、コソッと耳打ちしてきた。

「大丈夫、父さんの扱いが一番うまいのは田中さんじゃない。……母さんだ」

「え？」

「いいから見てろって」

和幸さんに言われるがままふたりの様子を見守っていると、お母さんに言われた代表は顔面蒼白。

「そ、それは困る！　結婚後は頻繁に家に来てほしいし、生まれてくる可愛い孫には毎日でも会いたい！」

「でしたら、おとなしく食事の準備を手伝ってください。あ、そこにある料理、運んでください」

「わかった、お安い御用さ！」

そう言うと、代表はさっきまで怒っていたのが嘘のように、鼻歌交じりに料理をテーブルに運んじゃっている。

す、すごい……。あんなに和幸さんに憤っていた代表を、いとも簡単に上機嫌にさせるとは。

呆然と眺めていると、和幸さんが得意げな顔で「な？」と言ってきたものだから、思わず笑ってしまった。


「お邪魔します」

「どうぞ」

楽しい食事後、お母さんに勧められて和幸さんの部屋へやってきた。大学生まで住んでいたという、二階にある和幸さんの部屋は当時のまま。

十二畳ほどの広いフローリングの部屋には、ベッドやソファ、勉強机といったものが置かれていて、本棚にはたくさんのビジネス書などが並べられていた。

まじまじと部屋中を見回していると、和幸さんはベッドに腰かけた。

「荷物はほとんど、今住んでいるマンションに持っていったから、見ても面白くないだろ？」

「いいえ、そんなことないです！　和幸さんがここでずっと過ごしていたんだなって思うと、見られて嬉しいです」

キョロキョロしながら答えると、和幸さんは私を手招きした。

「俺としては、ここに菜穂美が来てくれたほうが嬉しいんだけど」

彼の指差す場所。それは和幸さんの膝の上だった。

「む、無理ですよ！」

だって、ここは和幸さんの実家。一階のリビングにはご両親がいるというのに。全力で拒否するものの、彼は「いいからおいで」と言いながら私を呼ぶ。

そりゃ、私だってここが和幸さんのマンションか私の家だったら、迷いなく向かうところだけど……。

「ほら、菜穂美」

けれど甘い声で呼ばれると、簡単に気持ちは揺らいでしまう。

「大丈夫。ふたりとも急に部屋に入ってきたりはしないから」

最後のダメ押しのひと言に、招かれるがまま彼のもとへ向かった。

そして和幸さんの膝の上に座ると、すぐに「捕まえた」と言って抱きしめられた。

すっかり安心できる場所になった、彼の腕の中。背中や髪を優しく撫でられると、猫のように甘えたくなって体重を預ける。

「母さん、大丈夫だっただろ？」

「……はい」

「菜穂美のこと、すっかりお気に入りみたいだしな。……まぁ、菜穂美のことを気に入らないわけがないと思うけど」

自信たっぷりに話す彼に思わず顔を上げると、和幸さんは自分の額を私の額にコツンとくっつけた。

視界いっぱいに映るのは、大好きな人の笑顔。たったそれだけのことでドキッとしてしまう。

トクントクンと胸の鼓動が高鳴る中、彼は嬉しそうに言った。

「不思議な気持ちだったよ、両親と菜穂美が一緒に食事をしているのが。いや、違うな。幸せな気持ちになった」

「和幸さん……」

そんな風に言ってもらえる私のほうが幸せだよ。

「家族が増えるって、こういう気持ちなのかもしれない。菜穂美と結婚したら、こんな幸せな気持ちを毎日感じられるかと思うと……」

そこまで言いかけると、彼は私の耳元に顔を寄せて囁いた。

「早くお前と結婚したいって思う」

「……っ！」

掠れた声で囁かれた甘い言葉に、心臓がギュッと締めつけられる。

「父さんの期待に応えて、早く孫の顔を見せてやるためにも真剣に考えようか。……俺たちの未来を」

「……本当に？」

幸せすぎて怖くなり、恐る恐る尋ねると、和幸さんはすぐに答えた。「当たり前だろ？」って。

和幸さんとの未来。それはきっと幸せで満ち溢れているはず。だって今もこうしてそばにいられるだけで、心が満たされているのだから。

ピタリと身体を抱き寄せ合って時間の許す限り、いろいろな話をした。お互いの幼少期から出会うまでの話。そして未来の話を――。

緊急任務『喧嘩のあとは仲直りして……プロポーズをされよ』

「おい、いつまでむくれているつもりだ？　俺はちゃんと謝ったよな？」

壁際に私を追い詰め、イライラした様子で言われたって、私は一貫して無視を決め込んだまま。

すると和幸さんは小さく息を漏らした。

「仕方ないだろ？　俺だってしたくてしたわけじゃない」

不服そうな表情で言われても、心に何も響かない。

時刻は二十時過ぎ。十八時から、お世話になっているクライアントの創立記念パーティーに彼と出席していた。

以前とは違い、彼は物腰が柔らかくなり、コミュニケーションを大切にするようになった。その途端、仕事も今まで以上に順調に進みだし、新規クライアントが増えるばかり。

そのためか、和幸さんのファンは急増。それはもちろん社内に限った話ではない。

成長著しい会社の跡取り息子であり、副社長。おまけに独身とくれば、常に女性に狙われていると言っても過言ではない。

特に今日みたいなパーティーでは、和幸さんに近寄ってくる女性はあとを絶たない。

和幸さんはうまくかわしているけれど、毎回同行させられる私は、見ていていつも気が気じゃない。だって、彼は私の恋人なのだから。けれど、仕事上は副社長と秘書の関係。

私と和幸さんが付き合っていることは公表していないし、私と彼は恋人という関係で、婚約者でもなんでもない。

だから皆、私のことなんておかまいなしに彼に声をかけてくる。それを目の前で見せられるパーティーには、仕事とはいえ、正直行くのが億劫《おっくう》になっていた。

そんな中、ハプニングが起こった。……いつかはこんな日が来るんじゃないかって、薄々思っていたけれど、まさかそれが現実になるなんて。しかも、よりにもよってこのタイミングで。

パーティーはつい先ほど終わり、会場をあとにしたものの、口を利かない私にしびれを切らした彼に、誰もいない地下駐車場で詰め寄られていた。

「菜穂美、いい加減にしろよ。明日もこうやって過ごすつもりか？」

心底呆れたように話す彼にカチンときて、ジロリと睨んだ。

「そうさせているのは副社長ですよね？　それとまだ仕事中ですので、名前で呼ばないでください」

「お前なぁっ……！」

「なんですか？」

負けじと言い返すと、彼は言葉を詰まらせた。

意地になっているだけだと思う。けれど謝られたからって、すぐに納得できるほど寛大じゃない。こんなの子供染みているけれど、大人な対応なんてできないよ。事故とはいえ、好きな人が自分以外の人とキスをしたのだから。

いつまでも拗ねている私に、彼は深いため息を漏らした。

「じゃあ、どうしたら機嫌を直してくれる？」

「それは……」

正直自分でも、どうやったらこのモヤモヤした嫌な気持ちが消えるのかわからない。そもそも、どうして私はこんなにイライラしちゃっているんだろう。

彼の言う通り、仕方ないじゃない。明らかに向こうがわざと彼にぶつかってきて、ふたりして倒れ込んで。漫画みたいにそのままキスしちゃったわけだけど、和幸さんは彼女を助けようとしたわけだし。

なのに、な……。

「菜穂美？」

名前を呼ばれ、ゆっくり顔を上げると、切なげに瞳を揺らす彼と視線がかち合う。

切れ長の瞳で見つめられると、吸い込まれそうになる。もう何度もこの瞳に見つめられてきたのに。次第に近づく距離に、胸が高鳴り始めた。

そのスピードに合わせ、瞼を閉じようとしたけれど……。

「あっ！　一之瀬さん、こんなところにいらっしゃったのね！」

突然聞こえてきた甲高い声に、勢いよく距離を取った私たち。

そのまま声がしたほうへ視線を向けると、満面の笑みで駆け寄ってきたのは例の彼女だった。

「これは佐川《さがわ》さん、どうされたんですか？　てっきりお帰りになられたかと」

佐川さんは我が社にとって大切な取引先の若手女社長であり、先ほど和幸さんにキスをした相手。

そんな彼女に対し、和幸さんはすぐさま切り替え、ビジネス用スマイルで応対する。

「そんな！　帰れるはずはありません！　しっかりとお詫《わ》びをさせていただいてからでないと」

彼女は猫撫で声で言うと、私を押しのけて和幸さんの腕に自分の腕を絡ませた。そして上目遣いで彼を見上げると、とびっきり甘ったるい声を出した。

「先ほどは本当に申し訳ありませんでした。私の不注意でご迷惑をおかけしてしまって。お詫びに一杯奢《おご》らせてくださいませんか？」

一杯って……それはつまりお誘いってことですよね⁉

これには、さすがの和幸さんも驚いている。

「お仕事の話もしたいですし、ぜひ」

やだ、和幸さん、行ったりしないよね？

ハラハラしていると、チラッとこちらを見た佐川さんと目が合い、ドキッとしてしまう。

すると彼女は勝ち誇ったように笑った。

「秘書の小山さん……だったかしら？」

「は……はい」

ばっちりメイクを施した、きつめの瞳に見つめられると、ちょっぴり恐怖を感じてしまう。

一歩後退る私に、彼女は和幸さんにぴったりと寄り添ったまま言った。

「今日のお仕事はもう終わりでしょう？　でしたら、どうぞお帰りになって。一之瀬さんのことは、私がしっかりと送り届けますので」

それはこっちのセリフだ。もうパーティーは終わったんだもの。

でも、今の私はただの秘書でしかない。

何より彼女の機嫌を損ねて、契約破棄にでもされたら大損失になる。秘書の職に就いて一年と少し。仕事のことがわかってきたからこそ、複雑な気持ちになるばかり。

「申し訳ありませんが、今日はここまで僕の運転で彼女と来たんです。なので今日のところは……」

やんわりと佐川さんの腕を解き、断る和幸さんにホッとしたのも束の間、佐川さんは一歩も引かない。

「あら、今の時間、まだ電車は通っていますよね？　もし電車で帰るのが嫌でしたら、タクシー代をお出ししますよ？」

「しかし……」

グイグイ来る佐川さんに、和幸さんもタジタジ。

「今後のこともお話ししたいですし、ふたりっきりでゆっくりと」

再び密着する佐川さんに、見ているのがつらくなって声をあげた。

「副社長、私なら電車で帰れますから大丈夫です」

「は？」

私の言葉を聞いて目を丸くする和幸さん。

私……和幸さんの彼女だけど、彼の秘書でもある。だからこそ知っているから。彼が毎日どれほど仕事に真摯に取り組んでいるかを。私のワガママのせいで彼の努力が台無しになることだけは、絶対に嫌。

「さすが一之瀬さんの秘書ね。話がわかる方でよかったわ」

私の答えに満足したのか、先ほどとは違ってニッコリ微笑む佐川さん。

「副社長、お疲れさまでした。お気をつけていってらっしゃいませ」

私が頭を下げると、和幸さんは顔を歪めて視線を逸らした。

「お疲れ」

そしてそっけなくひと言放つと、佐川さんに「行きましょう」と声をかけ、ふたりで彼の車のほうへ行ってしまった。

地下駐車場にはふたりの遠ざかっていく足音が響き、車のドアが閉まる音……そして、車が走り去っていく音が聞こえた。

シンと静まり返った地下駐車場に、私の大きなため息がこぼれた。

「これでよかったんだよね」

大事な取引先の方だし！　それに和幸さんのことを信じているし‼　……とはいえ、ふたりはさっき、キスしちゃったんだよね。

トボトボとした足取りでエレベーターに乗って一階まで上がり、正面玄関を抜けて最寄り駅を目指していく。

あの時、佐川さん……明らかにわざと和幸さんにぶつかってきた。倒れ方が妙だったし、無理やり和幸さんの唇を奪ったようにも見えた。

当時の情景が頭に浮かび、慌てて首を左右に振る。

もう思い出さないようにしよう！　好きな人が事故とはいえ、自分以外の人とキスしちゃったことなんて、忘れるに越したことはない。

そう自分に言い聞かせるものの、やはりそう簡単に割り切れない。

私以外の女性が、和幸さんに触れるのなんて嫌。私以外の人を助手席に乗せてほしくない。ふたりで飲みになんて行ってほしくなかった。

溢れる感情は醜いものばかり。だって本当は今日、和幸さんのマンションで、十二時を過ぎたらふたりでお祝いする予定だったから。

「付き合って一周年記念日だったのに、な」

ずっと前から、ふたりでお祝いするのを楽しみにしていた。

立ち止まり、バッグの中を見る。何かプレゼントをしたくてこの前の休日、紗枝に付き合ってもらって購入したネクタイピン。

日付が変わった瞬間に渡したかったな。

思いが込み上げ、涙が溢れそうになるも、唇を噛みしめて必死にこらえた。

泣いたって仕方ない。だって私が自分で行かせたんじゃない。仕事を優先してほしいと思ったから。だったら、泣くのは間違っている。

小さく深呼吸をし、最寄り駅に向かって歩きだす。すると、私を呼ぶ耳慣れた声が聞こえてきた。

「あれ……？　菜穂美ちゃん？」

足を止めて振り返ると、そこには和幸さんの妹である美和子ちゃんと、ＦＥＬＩＣＩＴＥの佐々木さんの姿があった。

「あ、やっぱり菜穂美ちゃんだ！　どうしたの？　こんなところで」

私だとわかると、美和子ちゃんは駆け寄ってきた。

美和子ちゃんとは、和幸さんとの交際前にいろいろあったけれど、あれから会う機会が増え、何度か話をするようになった。連絡先を交換し、今ではふたりきりで会うほど打ち解けている。

和幸さんのことが大好きな美和子ちゃんと、どうやって仲良くなればいいのかと気を揉《も》んでいたけれど、今では美和子ちゃんに和幸さんの彼女として認めてもらえた。私より二歳年下ということもあって、姉のように慕ってくれている。

それは多分、彼女にも素敵な恋人ができたからだろう。そんな美和子ちゃんとこんなところで会うなんて、びっくりだ。しかも佐々木さんとも。

美和子ちゃんのあとを追ってきた佐々木さんは、私に向かって小さく頭を下げた。

「こんばんは。この前はありがとうございました。早速、本日着用してくださり、嬉しいです」

「いいえ、こちらこそありがとうございました。いつも見立てていただき、助かっています」

佐々木さんが勤める店には何度か足を運んでおり、今ではすっかり常連。今日みたいなパーティーがある時は、必ずお世話になっている。

「オーナーも、またぜひいらしてくださいと言っておりますので、いつでもお力にならせてくださいね」

「ありがとうございます」

オーナーさんとも何度かお会いしたことがあるけれど、物腰が柔らかくて笑顔が素敵な人だった。

佐々木さんはそんな彼にずっと片想いしていたけれど、つい二ヵ月前、付き合い始めたと聞き、私まで嬉しくなった。だっていつもふたりが並んでいるところを見て、お似合いだなって思っていたから。

そんな話をしていると、美和子ちゃんが割って入ってきた。

「はいはい！　挨拶はそこまでにして！　菜穂美ちゃん、今日はお兄ちゃんのマンションに泊まるって言ってなかった？　パーティーに出て、そのまま泊まってふたりでお祝いするって」

「あー……うん、そうだったんだけど……」

視線を泳がせ、言葉を濁してしまう。

この前美和子ちゃんと会った時に、今夜のことを話したんだっけ。

「何？　もしかして喧嘩しちゃったの？」

私の肩をつかんで尋ねてきた美和子ちゃんに、身体を大きく揺さぶられていく。

「いや、喧嘩というかなんというか……」

私が一方的に怒っているだけのような気もする。

「何それ！　気になるんだけど‼　愛里ちゃん、菜穂美ちゃんも一緒にいいかな？」

「もちろん。私も和幸のバカが何をしたのか知りたいし」

「え……でも」

ふたりで飲みにに行くところだったんだよね？　なのに、私が一緒にいてもいいのかな？

そんな私の気持ちに気づいたのか、ふたりは顔を見合わせて笑った。

「ぜひ、ご一緒に」

「そうだよ！　それに私たち、近いうちに身内になるんだから親睦を深めないと」

声を弾ませて話す美和子ちゃんに腕をつかまれ、ふたりに導かれるがまま飲食店へと向かっていった。


「えぇっ！　お兄ちゃんってば最低！　っていうか、何呑気に彼女の前でキスされてるのよ！　信じられない‼」

三人でやってきたのは、オシャレな内装のスペインバル。

スペイン産のスパークリングワインで乾杯し、運ばれてきたマッシュルームのアヒージョや、生ハム盛り合わせ、パエリアに舌鼓《したつづみ》を打つ中、ふたりに和幸さんのことを問いただされていた。

すべて話し終えると、美和子ちゃんは『信じられない』『最低』を繰り返し、料理を口に運びながら和幸さんを罵るばかり。

一方、佐々木さん……改め愛里ちゃんも、酔いが回ってきたのか「女心がわかってないダメ男め」なんて言っている。

「菜穂美ちゃんは秘書として和幸のことを思って言ったのに、あいつときたらへそを曲げるなんて最低すぎる」

スパークリングワインを煽りながら和幸さんを責める愛里ちゃんに、慌てて言った。

「あ、いや……へそを曲げたというか。ただ単に、私が悪いのかもしれないです」

和幸さんは佐川さんの誘いを断ろうとしていたわけだし。なのに私が『大丈夫です』なんて言ったから、彼を怒らせてしまったのかもしれない。

けれど、愛里ちゃんは「そんなことない」と否定した。

「菜穂美ちゃんは秘書として、和幸の立場を考えただけでしょ？　仕事に徹しなくちゃ、って思う菜穂美ちゃんの気持ち、痛いくらいわかる」

身を乗り出して言うと、愛里ちゃんはなぜか目を潤ませた。

「私も経験あるから。私……オーナーのことが大好きなの。だから一緒に働けて幸せなんだけど、オーナーの外回りについていくと、大抵クライアントは女性ばかりで複雑な気持ちになるの。仕事だってわかっているけれど、私以外の女性と話さないでほしいし、触れさせないでほしいもの」

話途中で、愛里ちゃんの瞳から大粒の涙がボロボロとこぼれだした。

その姿にギョッとする私とは違い、美和子ちゃんは呆れ顔。

「もう、愛里ちゃんってば、また泣いてる」

「え、えっ⁉」

美和子ちゃんのドライな対応にアタフタしていると、愛里ちゃんは手で涙を拭いながら話を続けた。

「でも当たり前の感情でしょ？　好きな人は独占したいじゃない？」

なんて声をかけたらいいのか考えを巡らせていると、美和子ちゃんがコソッと耳打ちしてきた。

「適当に話、合わせればいいから。愛里ちゃん、酔うといつも彼氏のことで泣いちゃうの。彼のことが大好きで仕方ないのよ」

『大好きで仕方ない』……か。突然泣きだすものだからびっくりしちゃったけど、愛里ちゃんの気持ち、わかるな。

涙をこぼしながらも、ビールをチビチビと飲んでいる愛里ちゃんに、自分の胸の内を伝えた。

「私も同じ。和幸さん、どこに行ってもモテるから不安だし、つらい。仕事だって割り切っているけど、それでもやっぱり私以外の人と仲良くしないでほしいって思っちゃうの。……こんなの、ただのワガママなのにね」

へらっと笑うと、愛里ちゃんは首を何度も縦に振った。

「ううん、わかるよ。私もワガママだってわかっているんだけど、いつも仕事だからって割り切れないんだ」

「愛里ちゃん……」

「菜穂美ちゃん……！」

私もだいぶ酔っているのかもしれない。お互い見つめ合い、愛里ちゃんと何度も頷き合っては涙腺が緩む。

すると見兼ねた美和子ちゃんが、間に割って入ってきた。

「もう、ふたりとも真面目すぎ！　どうしてワガママだって思うのよ！　私はちゃんと伝えるべきだと思うよ？」

「え……でも」

言葉を濁した愛里ちゃんに、美和子ちゃんは人差し指を立てて力説する。

「だって、ずっと付き合っていく人なんだよ。我慢して自分の気持ちを押し殺していたら、ストレスたまらない？　だったら、本音をぶちまけて喧嘩したほうがマシだと思うけど」

きっぱり話す美和子ちゃんに、ズキッと胸が痛む。

「ふたりだって好きな人の本音聞けないの、嫌じゃないの？　今みたいに彼氏が友達に『あいつには、こんなこと言えないけど……』なんて愚痴をこぼしていたら、どう思う？」

今度は、グサリと深く胸に突き刺さった。

そう、だよね。逆の立場だったらって考えたら嫌だ。自分には打ち明けてもらえないことを、こうやって話されているのかと思うと。私ってそんなに頼りないのかな？とか思っちゃう。

愛里ちゃんも同じことを思っているようで、意気消沈している。

「愛里ちゃんの彼氏、包容力ありそうだし、もっと自分の本音を打ち明けたほうがいいと思うよ」

「うん、そうだよね。そうしてみる」

確かにオーナーさんは、包容力がありそうな人だ。それに優しそうだし、どんな愛里ちゃんも受け入れてくれそう。

するとと美和子ちゃんは、今度は私に厳しい眼差しを向けた。

「それと、菜穂美ちゃん！」

「は、はい！」

思わず大きな声で返事をし、背筋がピンと伸びてしまう。

「お兄ちゃんは、昔からなんでもできちゃう人だった。周囲からうらやましがられたり、煙たがられたりすることもあったみたい。そのせいで人の気持ちに敏感で、相手の気持ちを見抜いちゃう人なの。だからこそ、お兄ちゃんにはなんでも話してほしい。お兄ちゃんは、どんな菜穂美ちゃんだって受け入れちゃうくらい、菜穂美ちゃんが大好きなはずだから」

「美和子ちゃん……」

ニッコリ笑って話す彼女。

彼の妹に『大好きなはずだから』なんて言われると、気恥ずかしくなる。

「そうだね、和幸ってあまり感情を表に出さないから、余計に伝わってきちゃうよね。ああ、菜穂美ちゃんのこと、本当に好きで好きで仕方ないんだなって」

同調するように頷く愛里ちゃんに、美和子ちゃんは声を弾ませた。

「そうなの！　お兄ちゃんって普段、何を考えているのかわからない時があるじゃない？　でも、菜穂美ちゃんの前では感情ダダ漏れでさ」

「なんか想像できる、そんな和幸の姿が」

和幸さんのことで盛り上がるふたり。そんなふたりを前に、頭の中は和幸さんのことでいっぱい。

そうなのかな。大丈夫なのかな？　和幸さんに自分の気持ちを話しちゃっても。ふたりに言われても、すぐに『そうだよね』とは言えない。その時だった。

「やっと見つけた」

「――え、わっ⁉」

突然聞こえてきたため息交じりの声と、つかまれた腕。あっという間に立ち上がらされてしまった私。心臓がバクバク鳴る中、腕をつかんだ人物を視界が捕らえた瞬間、目を丸くしてしまう。

「どうしてここに？」

思わず声が漏れたけど、それもそのはず。

だって、私の腕をつかんだのは和幸さんだったのだから。

呆然としていると、美和子ちゃんがニヤニヤ笑いながら説明してくれた。

「えへへ、実は私がここに来てすぐ、お兄ちゃんに連絡しておいたの。菜穂美ちゃんを預かってるよーって」

「えっ……？」

美和子ちゃんが？　驚く私を見て、美和子ちゃんはニッコリ笑った。

「お兄ちゃん、菜穂美ちゃんを連れていっていいよ。あ、だけど条件として、ちゃんと菜穂美ちゃんの話を聞いてあげてね」

その様子を見ていた愛里ちゃんも、声を弾ませて言った。

「そうだぞ、和幸」

口々に話すふたりにギョッとする中、和幸さんは私のバッグを持ち、美和子ちゃんに一万円札を二枚渡した。

「言われなくても連れていく。……美和子、助かった」

和幸さんにお礼を言われると、美和子ちゃんは顔を綻ばせた。

「どういたしまして。お兄ちゃん、ゴチになります。菜穂美ちゃん、またね」

「私までごめんね。菜穂美ちゃん、また今度ゆっくりね」

「あ……ありがとう！　話を聞いてくれて」

手をひらひらさせて見送ってくれたふたりにお礼を言い、和幸さんに腕を引かれて店をあとにした。

「あの、和幸さん……？」

歩道を突き進んでいく私たち。

その間、彼はひと言も発していない。彼の大きな背中に声をかけても、何も答えてくれない。

やっぱり、まだ怒ってるの？

不安を抱える中、コインパーキングが見えてきた。そこには見覚えのある車が駐車されていた。

和幸さんは車の鍵を開けると、私を助手席に押し込んだ。

「シートベルトを締めて」

「は、はい」

和幸さんは支払いを済ませると素早く運転席に回り込み、車を発進させた。

音楽のかかっていない静かな車内。

……非常に気まずい。

窓の外を流れる景色を眺めていると、隣から「悪かった」という声が聞こえてきた。

「――え？」

窓から運転席へ視線を向けると、和幸さんは前を見たまま言葉を続けた。

「お前はちゃんと秘書として俺に行けって言ってくれたのにな。……なのに、あんな態度を取って悪かった」

ちょうど信号が赤に変わり、車が停車すると、彼は眉尻を下げて私を見つめる。

「俺は副社長失格だな。仕事のことより菜穂美のことが気になって仕方なかった。俺の中では菜穂美が一番大切なんだ。……仕事よりも」

「和幸さん……」

嬉しい言葉に声が震える。

信号が青に変わり、和幸さんは視線を戻して車を発進させた。

「だからこそ、俺にはなんでも話してほしい。我慢してほしくないし、不安にさせたくない。お前に悲しい思いもさせたくない。菜穂美にとって、俺が一番の理解者でありたいから」

優しい声色で話す彼の気持ちが伝わってきて、胸が痛い。溢れそうになる涙を必死にこらえ、声を絞り出した。

「いいんですか？　……私、内心かなりワガママなことばかり思っているんですよ？」

それでも聞いてくれる？　嫌いにならないでくれる？

「それでもいいんですか……？」

震える声で問いかけると、すぐに答えが返ってきた。「当たり前だろ？」って。

「どんなことでも聞かせてほしい。……日付が変わる前に」

「え？　あ、あれ……ここは？」

辿り着いた先は和幸さんの自宅マンションではなく、都内のホテルの駐車場。彼はエンジンを切って降りると、助手席に回ってドアを開け、手を差し伸べてきた。

「ずっと前から部屋を取っていたんだ。菜穂美と記念日を迎えるために」

「……嘘」

「本当だよ。レストランも予約していたんだけど……この時間じゃ、もう無理だな」

そんな、知らなかった。私はてっきり和幸さんの部屋で一緒に過ごすものだとばかり思っていたから。

「とりあえず部屋に行こうか。そこで聞かせて、菜穂美の気持ち」

甘い瞳で見つめられると、ドキッとさせられてしまう。彼の手を取ると、ギュッと握られる。

チェックインを済ませ、向かった先は最上階にあるスイートルーム。

「……綺麗」

照明を落とした部屋から一望できる夜景に、目を奪われる。

キラキラと輝いていて、まるで宝石を散りばめたかのような美しさだ。

窓に歩み寄って眺めていると、和幸さんが隣に立ち、私の肩にそっと腕を回して引き寄せた。

「食事はできなかったけど、この部屋で過ごすことができてよかったよ」

夜景を眺めたまま言った和幸さんに、ハッとする。そういえば、佐川さんとはどうなったのだろうかと。

「あの、和幸さん」

「ん？」

「佐川さんとは大丈夫だったんですか……？」

恐る恐る尋ねると、彼は私を抱き寄せる腕の力を強め、安心させるように言った。

「ああ。車内で丁重にお断りして自宅まで送り届けてきたから。それと……」

そう言うと、彼はなぜか私の身体を離し、いつになく真剣な眼差しを私に向けた。

和幸さんと向き合い、吸い込まれそうな瞳を見つめ返す。

「それと、俺には結婚したいほど大切に想っている相手がいると伝えてきた」

トクンと音をたてた心臓。

すると和幸さんは腕時計で時間を確認したあと、スーツのポケットから小さなケースを取り出した。

「本当は十二時ぴったりに渡して言いたかったんだけど……悪い、三分過ぎちまった」

え……ちょっと待って。これって……？

胸の鼓動が早鐘を鳴らしていく。

すると、和幸さんは真剣な面持ちのまま力強い声で言った。

「菜穂美と付き合って一年。たった一年かもしれないけど、この一年間、菜穂美のことを知って一緒に過ごして幸せだった。……そんなお前と、この先の未来もずっと生きていきたいと思っている」

これは夢？　あまりに幸せすぎる展開に、夢だと疑わずにはいられなくなる。

「何度失敗しても、ミスしてもいい。その時は俺が全力で助けてやる。俺は、お前がいないと幸せになれないから。何があっても幸せにする。……だから、俺と結婚してくれないか？」

今までにないほどの真剣な眼差しを向ける彼は、惚れ惚れするほどカッコよくて胸が熱くなる。

そしてプロポーズの言葉とともに、差し出されたプレゼント。

それと彼を交互に見つめていると、和幸さんはクスリと笑った。

「できれば、返事を聞かせてほしいんだけど。……菜穂美、俺と結婚してくれる？」

再度投げかけられた質問に、胸がキュンと鳴ってしまう。でも——。

「わ、私で本当にいいんですか？　だって私……いつもやる気は空回りで、やらかしてばかりですし」

私生活ではもちろん、会社でだってよく失敗ばかりしている。

不安になって聞くと、和幸さんは微笑んで言った。

「そんな菜穂美がいいんだよ」

嬉しい。嬉しいけど……。

「私……ワガママですよ。今日だって、和幸さんのことを怒らせちゃったし。それに心の狭い女なんです。私以外の人と仲良くしてほしくないし、和幸さんに触れさせたくない。……いつも、そんなことばかり考えちゃっているんです」

逆に聞きたい、和幸さんに。彼の本音が知りたくて、まっすぐ見つめた。

「こんな私でいいんですか？　こっ、後悔しても知りませんよ……？」

やっぱり結婚しなければよかったとか思わない？　大丈夫？

心配になって聞いたけれど、和幸さんは顔をクシャッとさせて笑うと、私の身体をギュッと抱きしめた。

「菜穂美がいいって言っているだろ？　それに、後悔するわけがない。こんなにお前のことが好きでたまらないんだから」

幸せすぎて、悲しくもないのに涙がこぼれてしまう。彼の背中に腕を回し、温もりに酔いしれる。

「ふたりで幸せになろう」

「……はい！」

返事をすると、より一層強い力で抱きしめられた。

「父さんにいろいろと振り回されるオプション付きだけどな。近い将来、子供ができたらウザいくらい家に来ると思う。下手《へた》したら家に住みつきかねない。……覚悟しておいて」

うんざり声で話す彼に、思わず笑ってしまった。

普段の代表を見ていると、嫌でもそんな未来が想像できてしまうから。

「はい、覚悟しておきます」

でもね、そんな未来を想像するだけで幸せで胸がいっぱいになるの。和幸さんと一緒に代表に翻弄される毎日も、楽しそうだと思えるから。

するとと和幸さんは私の身体をゆっくりと離し、手にしていたケースを開けた。中には光り輝くダイヤモンドがあしらわれた指輪。

私の左手を取ると、薬指にはめてくれた。

「好きだよ、菜穂美。……ずっと一緒にいような」

指輪を撫で、愛しそうに私を見つめる彼に気持ちが溢れだす。

「私も大好きです。……ずっとずっとそばにいさせてください」

大好きな気持ちを伝えると、彼は微笑んで私の唇にそっとキスを落とす。まるで誓いのキスのように――。

もう何度も和幸さんと口づけを交わしているのに、なぜか心の奥がくすぐったくて無意味に前髪を触ってしまう。けれど、その手にはめられている指輪が目に入ると、嬉しくて幸せでたまらなくて、胸が苦しくなる。

「あ、そうだ！　私も和幸さんにプレゼントがあるんです」

自分のバッグを探すと、ソファの上に置かれていた。すぐに取りに行こうとしたけれど、彼に背後から抱きしめられる。

「あとでいい。……今は菜穂美を先にちょうだい」

胸元に回された腕。首にかかる彼の吐息に、ドキドキが止まらなくなる。

「で、でも……」

言いかけた瞬間、顔を後ろに向かされ、強引に、けれど優しく唇を奪われていく。

こうなると、いつも何も考えられなくなる。ただ彼から落とされるキスに翻弄され、与えられる温もりに溺れていくだけ。そして、最高に幸せだと感じさせられてしまうんだ。


「副社長、午後の会議資料をデスクの上に用意しておきましたので、お目通しお願いします」

「わかった」

外出先から会社に戻ると、受付社員が小さく頭を下げて出迎えてくれる。

その前を横切る時、以前の彼だったら無言で去っていくところだけど、今は違う。

「お疲れ」と言って片手を挙げる仕草に、受付社員のふたりの女性は「キャッ」と歓声をあげた。

これまでの私だったら、ここでちょっぴりムッとしてしまうところだけど、最近の私は違う。だって左手薬指には、彼からもらった永遠の約束があるのだから。

緩みそうになる顔を必死に抑えながら受付を抜けると、オフィスに繋がるドアからやってきたのは、代表と田中さんだった。

代表は私たちに気づくと足を止めたのに、和幸さんはというと、そのまま突き進んでいくものだから、思わず「副社長」と声をあげた。

「おいおい、我が息子よ。偉大なる父親に挨拶もなしとはどういうことだ?」

通り過ぎようとした和幸さんに、たまらず声を荒らげる代表。

いつものことながら、見ているこっちはハラハラする。

すると和幸さんも足を止め、面倒臭そうに代表を見据えた。

「ちゃんと頭を下げましたが?」

「言葉がないだろう、言葉が！　大体、お前はどうして俺にだけそう愛想がないんだ！　息子なら、もっと父親を慕うべきだろう」

不快感を露わにし、和幸さんを見つめる代表に、彼は深いため息を漏らした。

「でしたら、僕が慕いたいと思うような父親になってください」

「な、なんだとっ……!?」

ああ、始まってしまった。いつもの言い争いが。こうなってしまっては、私には止められない。頼みの綱は田中さんなんだけど……。

「まったく、困った親子ですね」

　彼はいつの間にか私の隣に立っていて、呆れ顔でふたりを眺めていた。

「親子喧嘩は家でやっていただきたいものです。……小山さんはこれから大変ですね。仕事でもプライベートでも、くだらない喧嘩に付き合わされてしまうのですから」

「あ、いえ……あの」

　サラリと毒を吐く田中さんに驚きつつも、止めなくていいのかチラチラとふたりと田中さんを交互に見てしまう。

　けれど、田中さんには一向にふたりを止める気配がない。すると、彼は微笑ましそうにふたりを眺めたまま、話しだした。

「副社長が最近毎日身につけているネクタイピンは、小山さんからのプレゼントですか？」

「えっ⁉」

『図星です』というように大きく反応すると、彼はクスリと笑った。

「すみません。副社長は身だしなみにも気を遣われるお方です。なので、ネクタイはもちろん、ネクタイピンもこれまで毎日違う物を身につけてらしたのに、ここ最近は同じ物をつけておられるので、もしや……と思いまして」

クスクスと笑いながら話す田中さんに、驚きを隠せない。

彼は代表の秘書だ。それなのに副社長のそんなところまで気づいていたとは……。恐るべし。

すると、不意にこちらを見た田中さんと目が合い、ドキッとする。

「私の目に狂いはなかったようで、よかったです。我が社を志願してくださってありがとうございます。……副社長と出会ってくださり、感謝しております」

「そんなっ……！」

目を細めて小さく頭を下げた田中さんに、慌てて手を左右に振った。

「お礼を言うのは私のほうです！　内定をもらえなかったら、副社長の秘書に抜擢してもらえなかったら、今の私はなかったんですから。本当にありがとうございました」

和幸さんとの未来をくれたのは、田中さんだ。

感謝の気持ちを伝えると、彼は笑った。

「あなたに秘書を任せて正解でした。これからもよろしくお願いしますね」

「はい、もちろんです！」

副社長の秘書に任命されてしまった時は、絶対無理って思った。けれど苦手だと思っていた彼は、本当は違っていた。

「では、そろそろ止めましょうか。あとの仕事に差し支えますし」

「よろしくお願いします」

ふたりを止められるのは、会社では田中さんしかおりませんので。

彼はすぐにふたりの間に割って入り、いまだに文句の言い足りない代表を引きずって立ち去っていく。

その後ろ姿に、和幸さんとふたり、思わず笑ってしまった。

会社では彼の秘書として、そしてプライベートでは、近い将来彼の奥さんとして日々頑張ります！

「行くぞ」

「はい！」

意気揚々と歩きだした和幸さんのあとを急いで追いかけたものの……何もないところで派手に転んでしまった。

「痛っ……」

あぁ、またやってしまった。膝の痛みに耐えながら起き上がると、差し伸べられた大きな手。腕を辿っていくと、彼が「まったく、何やっているんだ」なんて言いながら、笑っている。

「すみません」

手を取ると、軽々と引き上げられる身体。きっとこの先の人生も、私はたくさん失敗するだろうし、こんな風にドジしちゃうと思う。

でも、彼がいてくれれば大丈夫。どんなに恥ずかしい気持ちを抱いても、こうやって笑顔に変えてくれる人だから。

特別書き下ろし番外編

永久任務『大切な家族を幸せにせよ』

和幸さんにプロポーズされてから一年後。つい先日挙式・披露宴を行い、彼の住むマンションで新婚生活を始めて約一ヵ月が経った。

小山菜穂美、改め一之瀬　菜穂美は新妻として、仕事に家事にと日々奮闘している！……と思う。

「ふぅ、洗い終わった」

お風呂掃除を終え、キッチンへと急ぐ。今日の夕食のメインはカツオの煮付けにして、浅漬けとみそ汁を作って……。

冷蔵庫の中を見ながらメニューを考え、料理に取りかかる。

和幸さんとの結婚が決まってから、心配したお母さんが料理のレシピを作成してくれたのだ。

レシピの書かれたノート数冊を受け取った時は嬉しくて、お母さんに心から感謝したのだけれど、渡された際に『あんたのことを知って結婚してくれる相手は、この先絶対に現れないのよ。愛想尽かされないよう、せめて胃袋だけはがっちりつかんでおきなさい』って言われて気分は台無し。

きっと私、お母さんに言われたこのセリフを一生忘れないと思う。

でもお母さんのレシピはとても役立っていて、実際に作った料理の数々は、和幸さんからも好評だ。

「あ、洗濯物を畳まないと」

洋服を乾燥機にかけておいたのを思い出し、火力を弱めて洗面所へと向かう。

そろそろ和幸さんが帰ってくる時間だから、お風呂のスイッチも忘れずに入れないと。洗濯物を畳みながら、新婚生活が始まってからの日々を思い出す。

最初は私に仕事と家事が両立できるのか、不安でいっぱいだった。結婚を機に仕事を辞めることも考えたんだけど、和幸さんが『仕事を続けたいなら続けてほしい』って言ってくれたんだ。

相変わらず失敗することもあるけれど、こんな私でも誰かの役に立てているのが嬉しくて、何より職場には紗枝や仲良くなった社員たちがいる。迷惑かけちゃうとわかっているけど、辞めたくなくて結婚後も和幸さんの秘書として勤めている。

結婚してからも仕事は今まで通り続けていて、家事とどうにか両立できているのは、和幸さんのおかげ。最大限協力してくれているから。

手が空いていると、食器洗いやお風呂掃除、時には料理だって作ってくれる。

朝の通勤は彼の運転する車でともにし、帰りも時間が合えば一緒に帰ってくる。車内ではいろいろと話すことができて、かけがえのない時間になっている。

今日は和幸さんの仕事が終わらず、先に上がってきたけれど、その分こうやって家のことをして、彼のことを出迎える準備をすることができる。

よく紗枝に『新婚さん、幸せですか?』ってからかい口調で聞かれ、『やめてよ』なんてはぐらかすけれど、本当は声を大にして言いたい。『私は今、世界で一番幸せです‼』って。

乾燥機から取り出したバスタオルを両手でギュッと握りしめ、幸せを噛みしめていると玄関のほうから鍵を開ける音が聞こえてきた。

「和幸さんだ!」

慌てて手にしていたバスタオルを畳み、玄関へと急ぐと、そこには和幸さんの姿があった。

「ただいま、菜穂美」

「おかえりなさい、和幸さん」

彼からバッグを受け取る。

「和幸さん、お風呂がそろそろ沸くと思うから先に入る？」

「それは助かる。帰りに父さんに捕まって疲れた」

手で肩を押さえてため息を漏らす彼に、なんとなく代表……お義父《とう》さんとのやり取りが目に浮かぶ。

「お風呂入っている間に、ご飯用意しちゃうね」

「ありがとう」

彼のあとを追って廊下を進んでいくと、なぜか急に足を止めた和幸さん。ネクタイを緩めながら振り返った彼は、いたずらっぽい笑みを浮かべ、顔を近づけてきた。

「な、なんでしょう……？」

鼻と鼻が触れてしまいそうな至近距離に、一歩後退ると、和幸さんはわざと私の耳元で囁いた。

「せっかくだし、一緒に入る？」

「……えっ⁉」

ワンテンポ遅れて反応すると、途端に和幸さんは表情を崩して笑った。すぐに冗談だと理解して、恥ずかしさと怒りが込み上げてくる。

「もう！　ふざけていないで、早く入ってきてください！」

背中を押すと、彼は笑いながら「はいはい、わかったよ」なんて言う。

出会った頃は、ニコリとも笑わない人だった。昔ほどではないけれど、今でも会社ではほとんど笑わない。けれど家では違う。よく笑うし、冗談を言ったり、からかったりしてくる。

「一緒に入りたくなったら、おいで」

「なりません！」

洗面所のドアの前で足を止めて、再びからかってきた和幸さん。私がきっぱり断ると、「それは残念」と言いながらドアを閉めた。

「……もう、和幸さんってば」

ボソッと呟き、バッグを置きに寝室へ向かう私の顔は、緩みっぱなし。

『新婚だからじゃないの？』って言われそうだけど、大好きな人と結婚して一緒に暮らせる毎日が、幸せすぎて怖いとさえ思えてしまう。

寝室にある全身鏡に映る自分は、だらしない顔をしていて、慌てて顔を引きしめた。

この幸せが永遠であってほしい。そのためにも和幸さんに嫌われないよう、頑張らないと！　今のところは主婦業もそれなりにこなせているよね？　きっと今頃、和幸さんは浴槽に浸かって一日の疲れを取っているはず。彼が出てくるタイミングに合わせて、夕食の準備をしておこう。

鼻歌を歌いながら寝室のドアを開けると、目の前にはバスタオルを腰に巻いただけの和幸さんの姿があった。

「ギャッ⁉」

お風呂に入っているはずの彼が目の前に現れ、変な声をあげてしまう。

「ど、どうして裸なんですか！　お風呂は⁉」

目のやり場に困り、手で顔を覆うと、彼は刺々しい声で言った。

「菜穂美、お前、排水溝の栓を閉めずに風呂沸かしただろ？　湯が全部流れていたぞ？」

「えっ⁉　嘘！」

「本当だ。どうして確認しない。一週間前も同じことしたよな？」

「ごっ、ごめんなさい！」

そうなのだ、実は先週も同じ過ちを犯してしまった。だからこそ気をつけていたのに、またやってしまい、謝るしかない。

「……ん？　なんか臭くないか？」

「えっ⁉」

咄嗟に自分の匂いを嗅《か》ぐと、すかさず「お前じゃない」と鋭いツッコミ。

「焦《こ》げ臭くないか？」

「え？　……あっ‼」

そうだった、カツオの煮付け！

慌ててキッチンへ駆け込み、火を止めるものの、キッチン中が焦げ臭い。その根源は目の前の鍋。恐る恐る蓋《ふた》を開けると、カツオは見るも無残な姿と化していて、鍋底は黒くなっていた。

「あぁ……おかずが」

ガックリうなだれると、部屋着を着た和幸さんが背後から覗き込んできた。

「うわぁ、これは……さすがに食《く》えないな」

「……はい」

やっぱり私は頑張れば頑張るほど、やる気が空回りしちゃうようだ。結婚して一ヵ月だけれど、さすがの和幸さんも愛想尽かしちゃうかも。

そう思うと怖くて、真後ろに立つ彼の顔を見られない。

「ごめんなさい、お風呂もご飯も」

和幸さんの疲れをお風呂で取ることも、お腹を満たすこともできない自分が不甲斐ない。和幸さんも、さぞ呆れ果てているだろうと思ったんだけど……。

「菜穂美、出かける準備して」

「……え」

出かける準備？

思わず振り返って彼を見ると、いつもの優しい眼差しを向けられていて、気分を害しているようには見えない。

「たまには外食しないか？　明日は休みだし、ゆっくり食事しに行こう」

「和幸さん……」

呆然と和幸さんを眺めていると、彼はクスッと笑った。

「何、その顔。もしかして俺が怒っているとでも思った？」

「いや、だって……。普通はイライラしたり、呆れたりしますよね？」

それだけの失敗をしてしまったのだから。おまけにこういうこと、これが初めてじゃないし。

けれど、和幸さんは首を横に振った。

「何を今さら。お前と結婚したいって思った時から、こんなこと日常茶飯事《さはんじ》だって覚悟してたから」

得意げに話す彼に面食らう。

「むしろ飽きないよ、お前と一緒にいると。これからも、ずっと今のままの菜穂美でいてくれ。……わかったら、目一杯オシャレしてこい。美味《うま》い物、食べに行こう」

彼の優しさに泣きそう。

涙をこらえるのに必死で声が出ず、何度も首を縦に振って答えると、和幸さんは顔をクシャッとさせて笑った。

あぁ、今すぐに叫びたい衝動に駆られる。世界中の人に向かって『私は世界で一番幸せです！』って。

それから和幸さんに言われた通り、オシャレして向かった先はホテルのレストラン。美味しい料理をふたりで堪能し、この日はそのままホテルに宿泊して熱い夜を過ごした。


「……んっ」

「悪い、起こしちまって」

髪に触れる感触に重い瞼を開けると、目の前では和幸さんが私の髪を自分の指に絡ませていた。

「菜穂美が寝ている間、こうやってお前の髪で遊ぶの好きなんだ」

「え……髪で遊ぶのがですか？」

「あぁ」

そう言うと、彼は髪から手を離し、私の身体を包み込んだ。

「よく眠れた？」

「もうぐっすりと」

大好きな彼の温もりに包まれる幸せをもっと肌で感じたくて、広い背中に腕を伸ばす。抱き合ったままクスクスと笑い合い、時折唇を重ねながらベッドの中で過ごすこの時間がたまらない。

「そろそろ起きて準備しようか。……楽しみだな、どんな風に仕上がっているのか」

「そうですね」

今日は結婚式の時の写真や、映像に収めたＤＶＤを受け取りに行く日。郵送もしてもらえるけれど、式場のプランナーさんに散々お世話になったから、挨拶も兼ねて直接取りに行くことにした。

準備を済ませ、レストランで朝食を食べてホテルをあとにし、向かう先は挙式・披露宴を執《と》り行った結婚式場。

その道中、運転している和幸さんが思い出したようにポツリと漏らした。

「そういえば昨日、帰りに父さんに捕まったって話したよな?」

「はい、聞きましたけど……どんな用事だったんですか?」

気になって聞くと、彼は盛大なため息を漏らした。

「いつもと同じ。『結婚式の写真やDVDはいつ仕上がるんだ?』って。今日だって話したら間違いなく俺も行くって言うだろうから、まだ連絡もらってないってシラを切り通したよ」

「そう、だったんですね」

容易にその場面が想像でき、苦笑する。

「そしたら今度は、いつ菜穂美を連れて遊びに来てくれるんだ、孫はまだなのかって始まってさ。仕事より父さんの相手をするほうが、倍疲れる」

「……お疲れさまです」

お義父さんは私たちのことを思って言ってくれているとわかってはいるけれど、さすがの私も、これにはちょっと対応に困っている。私だって、いつかは和幸さんとの子供が欲しい。でも、今はまだ彼とふたりっきりの生活を満喫したい。

「気が進まないけど、再来週にでも写真とDVDを持って実家に行ってやろう。鑑賞会をやろうなんて言いだすだろうけど、悪いが付き合ってやって」

「もちろんです」

私たちの結婚式は盛大に行われた。

その時のことを振り返ると胸が熱くなり、思わず笑みがこぼれてしまった。

＊＊＊

「いい？　菜穂美。お願いだからバージンロードでドレスの裾を踏んだりして、お父さんと一緒に転ぶのだけはやめてちょうだいね」

「……もう、お母さんってば、もう耳にタコができそうなんだけど」

大安吉日の今日、雲ひとつない青空の中、私は和幸さんと結婚する。胸元に大きなリボンがあしらわれた、純白のウエディングドレスに身を包み、控室で両親と挙式の時間を待っていた。

普通なら『おめでとう』『幸せになるのよ』って言われて、花嫁は感極まって『今までありがとう』って伝える場面のはず。けれど、我が家の場合は違う。

「母さん、ネクタイ緩んでいないよな？」

「ええ、大丈夫。お父さんもくれぐれも失敗しないようにね」

「当たり前だろう。うちはともかく、一之瀬さんの親族や招待客の前で失敗はできん」

私以上に緊張しているのはお父さんだ。娘そっちのけでお母さんに、身だしなみを見てもらっている。

和幸さんが挨拶に来てくれた日も、両家顔合わせの時も、ふたりはずっと緊張しっぱなしだった。『菜穂美があんな素敵な人を捕まえるとは夢にも思わなかった』とか、『騙《だま》されていないよな?』なんて言われてしまう始末。それほど衝撃だったようだ。

和幸さんの仕事や実家のことを聞いたら、ますますふたりは疑いだし、今日を迎えるまで安心できないって言っていた。けれど、さすがにもうホッとしてくれたよね?

鏡に映る自分は、今まで生きてきた中で一番輝いて見える。少しは和幸さんに綺麗だって思ってもらえるかな?

じっと自分を眺めていると、鏡越しに両親と目が合った。すると、お父さんとお母さんは顔を見合わせたあと、再び私を見据えた。

「正直、私もお父さんも、菜穂美がこんなに早くにお嫁に行っちゃうとは思わなかったわ」

「そうだな、よく母さんと三十五歳になっても菜穂美にいい人が現れなかったら、見合いを勧めようかと話していたくらいだ」

しみじみ話すふたりに、目を見開いてしまう。

「やだ、ふたりしてそんな話をしていたの？」

「当たり前だろう？　ひとり娘がいつまでも結婚できなかったら……と心配していたさ。ましてやお前なんだから」

同感と言いたそうに、お父さんと一緒に頷くお母さん。

「でも、和幸さんなら安心してあなたを任せられるわ」

「そうだな、和幸くんならお前を幸せにしてくれる」

「愛想尽かされないように頑張りなさい」

お父さん……お母さん……。

最後にふたりは「結婚おめでとう」と言ってくれて、せっかく綺麗にメイクしてもらったのに泣いてしまった。


「お父さん」

「ん？　どうした？」

挙式の時間となり、お父さんとふたり、目の前の大きな扉が開かれるのを待つ中、今まで照れ臭くてなかなか伝えられなかった思いを伝えた。

「今日まで育ててくれてありがとう。……これからは、お母さんとふたりの時間を楽しんでね」

「菜穂美……」

お母さんとは違い、口数の少ないお父さん。けれど大きくなればなるほど、いつも心配してくれていたんだって知った。このあとの披露宴で、ふたりに向けた手紙にもたくさんの感謝の思いを詰め込んだけれど、その前にどうしても直接伝えたかった。

「どうしてこのタイミングで言うんだ。父さんが涙もろいの、知ってるだろう？」

そっぽを向くお父さんの肩は、小刻みに震えている。ハンカチで目元を拭うと、赤い瞳を向けた。

「たまには顔を見せに来なさい。……和幸くんとふたりで」

「……うん、ありがとう」

自然と笑みがこぼれると、教会の中からパイプオルガンの音色が聞こえてきた。

スタッフが「お時間です」と言うと、ゆっくりと開かれたドア。真っ赤なバージンロードをお父さんと腕を組み一歩、また一歩と進んでいく。

参列者の中には友達や親族、紗枝に会社の同僚たちの姿がある。

照れ臭さを感じながら向かう先は、タキシード姿の彼のもと。

「和幸くん、菜穂美をよろしくお願いします」

「はい」

お父さんから離れると、力強く答えた和幸さんが手を差し伸べた。

「必ず幸せにします」

彼の手を取ると、お父さんにそう言ってくれて、まだ始まってもいないのに泣いてしまいそうになる。厳かな雰囲気の中、お互い誓いを交わし、緊張しながら指輪を交換していく。

「では、誓いのキスを」

牧師の言葉に和幸さんと向かい合い、少しだけ屈むとベールが上げられた。ステンドグラスから差し込む日差しの中、彼の手が両肩に触れ、そっとキスが落とされる。

和幸さんとは数え切れないくらいキスを交わしているのに、泣けちゃうほど幸せで涙が滲《にじ》む。唇が離れていって瞼を開けると、愛しい人の笑顔。

私、和幸さんと本当に結婚するんだって実感できて、幸せな気持ちで満たされ、さらに涙腺が緩む。お父さんに似て、私も涙もろいようだ。……でも、私たち以上に涙もろい人物がいた。

「うっ、うっ……。おめでとう、和幸。幸せになるんだぞ‼」

声を震わせ、参列席の先頭で号泣しているのはお義父さんだった。

「ちょっと、和臣さん」

「やめてよ、恥ずかしいんだけど」

お義父さんの隣で、お義母《かあ》さんと美和子ちゃんは恥ずかしそうにお義父さんをなだめていた。

その様子に、私と和幸さんは思わず顔を見合わせて笑ってしまった。

それから皆に祝福され、式の目玉でもあるブーケトスが行われたんだけど、そこでちょっとした事件が起きた。

「それでは、お願いします！　……せーの！」

スタッフの声に合わせ、後ろ向きで空高くにブーケを放った。歓声に包まれる中、すぐに振り返ると、ブーケは大勢の女性の中からある人物のもとへ落ちていった。

「おめでとうございまーす！」

「嘘、やった！」

私が投げたブーケを見事キャッチしたのは、美和子ちゃんだった。これには私も、そして和幸さんもびっくり。

スタッフがマイク片手に美和子ちゃんのもとへ駆け寄ると、彼女は近くにいた愛里ちゃんの腕をつかみ、マイクを通してとんでもないことを言った。

「菜穂美ちゃん、お兄ちゃん、本当におめでとう！　ブーケを見事キャッチできたので、次は私と愛里ちゃんがそれぞれ幸せになりまーす！」

声高らかに宣言した美和子ちゃんに、巻き込まれた愛里ちゃんは「え、ちょっと美和子ちゃん？　何言って……」とタジタジ。

「待て！　おい美和子‼　どういうことだ！　父さんは何も聞いてないぞ⁉」

焦ってズカズカと詰め寄るお義父さんに、美和子ちゃんはうんざり顔。

「当たり前でしょ？　お父さんに話したら、こうなることは目に見えていたもの。あとで紹介するね」

「紹介って……！　いらんいらん‼　そんなもの！」

手を振り払って拒否するお義父さんの横で、今度は愛里ちゃんのお父さんらしき人物が詰め寄ってきた。

「愛里、美和子ちゃんの話は本当なのか⁉　次は幸せになるって、まさかお前っ……！　そういう相手がいるのか⁉」

「ちょっ、ちょっとお父さん、恥ずかしいから……！」

お父さんをなだめる愛里ちゃんを眺めていると、隣の和幸さんは呆れ顔で説明してくれた。

「あの人、愛里の父親で、俺の叔母さんの旦那さんなんだ。外科医で尊敬できる人なんだけど、少し父さんに似ているんだ」

「な、なるほど……」

和幸さんにつられて再び四人を見ると、妙に納得。美和子ちゃんと言い争っているお義父さんと、愛里ちゃんに詰め寄る彼の姿は、どことなく重なって見えるから。

「でも驚いたな。美和子もだけど、愛里にまでそういう相手がいるとは」

「え、和幸さん知らなかったんですか?」

「知らなかったんですかって……菜穂美は知ってたのか?」

頷くと、和幸さんは目を瞬かせた。

「ほら私、よく美和子ちゃんや愛里ちゃんと会っていたから。その時にふたりから聞いてたの」

「そうか……いつの間に。でも安心したよ。結婚後、美和子や愛里と菜穂美がうまくやっていけるか少し心配だったから」

「和幸さん……」

微笑む彼に胸が鳴る。

「父さんと叔父さんはそれぞれ反対するだろうけど、楽しみだな。ふたりの結婚式」

「はい……！」

肩を抱かれ、引き寄せられた身体。私も彼の肩に首を預けた。

和幸さんと結婚するってことは、私に家族が増えるということ。義理の両親に妹、彼の親族。そうやって繋がっていくんだね。

その後行われた披露宴では、大勢の招待客に盛大に祝福され、楽しくて幸せな時間が流れていった。友人や同僚たちの余興では和幸さんと笑って、紗枝のスピーチには泣かされた。

田中さんや皆に、『おめでとう』って言われて感動して。……そして最後に、両親に感謝のメッセージを伝えるところでは、感極まって泣いてしまった。

和幸さんに背中をさすってもらいながらなんとか読み終えたけど、もちろんここでも、私の両親以上にお義父さんのほうが感動して泣いていたことは、言うまでもない。

＊　＊　＊

「いや～、ここ‼　ここは何度見ても感動すると思わないか⁉　菜穂美ちゃん‼」

「は……はい」

結婚式のアルバムやＤＶＤを持って、彼の実家を訪れたのはあれから二週間後。

美和子ちゃんは噂の彼とデートで不在。会えないのは残念だったけれど、彼女とはまた今度ゆっくりふたりで会う約束をしている。

何度かお会いしている義理の祖父母は、ふたりで仲良く旅行中とのことだ。本当に素敵なふたりで、私も歳を重ねたらああなりたいと思う。

そして、この日を待ちわびていたお義父さんは、早速リビングでＤＶＤ鑑賞をしようと言いだした。

鑑賞中、ずっとこんな感じ。場面が変わるたびに歓声をあげている。そんなお義父さんに、お義母さんと和幸さんは終始呆れ顔だった。


「父さんがうるさくて、今日は疲れただろ？」

「いいえ、そんな！　楽しい一日を過ごせました」

帰りの車内で和幸さんが心配してくれたけれど、全然疲れてなどいない。まぁ……お義父さんがあまりにフレンドリーに接してくれて、多少びっくりしたけど、楽しかったのは本当。

騒ぐお義父さんに、お義母さんと和幸さんが『静かに見て』って言ったりして、それがとても微笑ましかった。

「そうか？　無理しなくていいぞ。菜穂美も父さんに言いたいことは、ちゃんと言えよな。……これから先、ずっと付き合っていく家族なんだから」

「……うん、ありがとう」

彼の口から飛び出した〝家族〟って言葉に、胸の奥がくすぐったくなる。結婚して二ヵ月近くになるのに、まだ慣れていないからかもしれない。

「なぁ、菜穂美……」

幸せな気持ちに浸っていると、和幸さんは運転しながらポツリと漏らした。

「近い将来、もっと家族を増やそうな」

「え……？」

彼は赤信号で車を停車させると、目を細めて私を見つめた。

「俺、早く菜穂美そっくりな、可愛くてちょっぴりドジな女の子が欲しい」

「え……えぇっ⁉」

いきなり子供の話をされて大声をあげる私に、和幸さんは笑った。

今はまだ想像さえもできないけれど、それを言ったら、私だって和幸さんにそっくりな男の子が欲しい。彼に似てイケメンで、もしかしたらちょっと不器用かもしれないけれど。

この日の夜、ベッドの中で早速そのことを彼に伝えると……。

和幸さんは顔をしかめて「不器用は余計だ」なんて言いつつ、すぐに「じゃあ最低でも男の子と女の子のふたりは欲しいな」と嬉しそうに微笑んだ。

自分が親になるって漠然としか考えられなかったけれど、和幸さんと夜な夜な話すようになってから、早く子供が欲しい、母親になりたいって気持ちは大きくなるばかりだった。

二年後――。

「寝た……よね?」

腕の中で気持ちよさそうに寝息をたてているのは、今月で生後六ヵ月になる息子の幸也《ゆきや》。お座りもできるようになり、ますます可愛さが増している。

そっとベビーベッドに下ろしても起きず、ホッと胸を撫で下ろす。そのまま足音をたてないよう寝室をあとにした。

私は今、育児休暇中で日々幸也の子育てに追われている。最初は右も左もわからなくて四苦八苦していたけれど、和幸さんをはじめ、両親たちのサポートのおかげでどうにか子育て生活を過ごせている。

「よし、今のうちに洗濯物を取り込んで、あとお風呂も洗わないと」

子育ての合間に家事をこなすのはなかなか大変で、こうやってちょっとの時間を有効活用しないと終わらない。幸也が起きたらできないっていうのもあるんだけど、もうひとつほかの理由があるから。

洗濯物を取り込み終えると、来客を知らせるインターホンの音が鳴り、身体がギクリと反応する。

「まさか……」

洗濯物が入っているかごを置き、恐る恐るモニターで相手を確認すると、そこには笑顔で手を振るお義父さんの姿があった。

「やっぱり」

予想通りの人物に、ガックリうなだれてしまう。

妊娠しているとわかった時、和幸さん以上に大喜びしたのは、もちろんお義父さんだった。産休に入るギリギリまで仕事をしていたんだけど、毎日心配され、何かあったら大変だからと家政婦さんまで手配してくれて。

出産後は幸也を溺愛し、毎日のように会いに来ている。……今のように、仕事をこっそり抜け出して。

そっとドアを開けると、お義父さんは幸也へのプレゼントを差し出した。

「菜穂美ちゃん、こんにちは！　今日の幸也くんはどうかな？　元気かな？」

お義父さんが買ってきてくれたのは、車の乗り物。幸也はまだ歩いてもいないというのに。

大きなプレゼントを受け取り、軽くよろめく。

「いつもありがとうございます。あの、でもお気遣いなく」

玄関の中へ招き入れ、やんわりと断りを入れるも華麗にかわされた。

「俺が好きで買ってきているんだ、菜穂美ちゃんは気にしなくていいんだよ」

そう言って「ガハハ！」と笑うお義父さんだけれど、私は苦笑いするばかり。

幸也を可愛がってくれるのはありがたいし、いずれ使える物をプレゼントしてくれるのは助かるんだけど……。おかげで空き部屋ひとつが、まるまるプレゼント部屋と化していてちょっと困っている。

和幸さんやお義母さんも、お義父さんに言ってくれているんだけど、聞く耳を持たないんだよね。

「幸也は部屋かな？　お邪魔するよ」

「あ、はい。あ……！　でも、今さっき寝たばかりでっ……！」

私の話を聞かず、すっかり知り尽くした我が家の中を進んでいくお義父さん。

「幸也〜！　昨日ぶり‼　会いたかったぞー！」

勢いよく寝室のドアを開けると、寝ていた幸也は当然目を覚まし、「ギャー」と泣きだした。

「あぁ、せっかく寝たのに……」

玄関先でプレゼントを抱えたまま、ため息が漏れる。

「そうかそうか、そんなにじいじに会いたかったか！」

けれど、お義父さんに抱かれた幸也は、次第に泣きやんだ。毎日のように訪れては触れ合っているからか、幸也もすっかりお義父さんに懐いている。もしかしたら和幸さんよりも。

寝室からはお義父さんの嬉しそうな声が聞こえてくるけれど……そろそろ、あの人が迎えに来るはず。

プレゼントを空き部屋に運ぶと、再び鳴ったインターホン。

ドアを開けると、そこにはいつものように田中さんが立っていた。

「こんにちは、いつも申し訳ありません」

「いいえ、そんな」

深々と頭を下げる田中さんにつられて、私も頭を下げると、寝室から幸也を抱っこしたお義父さんが来た。

「げ、田中、もう来たのか」

うんざり顔のお義父さんに、田中さんは少々イライラしている様子。

「もう来たのか、ではありません。どうして毎日毎日、会社を抜け出してこちらにいらっしゃるのですか。いつも言っておりますよね？　そんなにお孫さんとお会いしたいのなら、日中真面目に仕事して、終わってからゆっくり伺ってくださいと」

強い口調で話す田中さんに、お義父さんはまるで子供みたいな反論に出た。

「夜に会いに来たら、幸也くんはお風呂に入ったり寝る準備で忙しくてゆっくり会えないし、菜穂美ちゃんにも迷惑だろう！　だから、昼間に来ているんだ！」

正論だと言わんばかりの口ぶりに、田中さんは眼鏡《めがね》のブリッジを上げ、鋭い眼差しを向けた。

「何を言いだすかと思えば……。こんな方が我が社の代表かと思うと、情けなくて悲しくなります」

「な、なんだと⁉」

声を荒らげた代表に幸也はびっくりし、泣きだした。

「あぁ！　ごめんよ、幸也くん！　突然大きな声を出したりして」

必死にあやすお義父さんに、田中さんは言い聞かせた。

「仕事を放り出しているようなじいじなど、最愛のお孫さんに嫌われますよ？」

「むっ……！」

「大きくなって、『僕もじいじみたいになりたい』『じいじの会社を継ぎたい』って言われたくないのですか？」

畳みかける田中さんに、お義父さんはその情景を想像しているのか、パッと目を輝かせた。

「いいな、それ最高じゃないか！　よし、幸也のためにも、今よりもっと会社を大きくしないとな」

「そのためにも、どうぞ会社へお戻りください」

いつものふたりのやり取りに笑ってしまうと、田中さんと目が合った。

お義父さんが幸也に「じいじ、頑張ってくるからな！」と言っている隙に、彼は私に頭を下げる。

「ご迷惑をおかけしてしまい、申し訳ありません。抜け出さないように見張っているのですが、逃げるのがお得意な方でして。今後、より一層目を光らせますので」

「いいえ、そんな。私なら全然」

それよりいつも思うけど、田中さん……本当にお疲れさまです。お義父さんの秘書を務められるのは、我が社で……いや、この世で田中さんただひとりしかいないはず。

お義父さんは幸也との別れを惜しみながらも、田中さんに引きずられるかたちで会社へと戻っていった。


「父さん、今日もまた来たんだって？」

「うん。……すぐに田中さんが迎えに来たけど」

この日の夜はいつもより早く帰宅した和幸さんに、幸也をお風呂に入れてもらった。ソファで幸也に麦茶を飲ませていると、お風呂から上がった彼はミネラルウォーターを飲み、苦笑いした。

「ったく、父さんは言っても聞かないから困るよな。田中さんにも迷惑かけて……」

「でも、それだけ幸也のことを可愛がってくれるのは嬉しいよね」

「まぁ……それはそうだけど」

彼は私の隣に腰かけると、麦茶を飲む幸也を愛しそうに見つめた。

「孫が可愛いのはわかるけど、愛情が重すぎるよな。大きくなったら幸也に『じいじ、ウザい』って言われそうじゃないか？」

「……確かに」

そんな未来が目に浮かび、和幸さんと笑ってしまった。

結婚後、彼と話す際、敬語がなかなか抜けなかったけれど、月日が経つにつれて自然と話せるようになった。もちろん、会社では敬語で話している。

喉が渇いていたのか、麦茶を飲み干してご満悦の幸也。

その背中をトントン叩いてげっぷを促す。

「なぁ、菜穂美」

「ん？　何？」

突然肩を抱かれ、身体を引き寄せられた。幸也と一緒に、彼に体重を預ける。

「父さんの愛情を全部注ぎ込まれたら、幸也も大変だと思わないか？」

「え？」

そう言うと、彼は私の顔を覗き込んできた。

「この前菜穂美の実家に幸也と行った時、お義父さんとお義母さんにも、早くふたり目の孫の顔も見たいって言われただろ？　……俺も、次は女の子が欲しい」

「和幸さん……」

顔を上げると、落とされたキス。愛しそうに私と幸也を見ると彼は囁いた。

「家族、増やそうか」って。


入社したての頃は、彼を好きになって両想いになって。結婚して家族になる未来なんて想像できなかった。……ううん、想像することさえなかった。

それなのに、人生とは何が起こるかわからないもので、今の私はこんなにも幸せな毎日を送っている。大好きな人のそばで、愛しい家族とともに。

「いいね、私も次は女の子が欲しいな」

「だよな。あー……でも、三人兄妹もいいと思わないか？」

「兄妹は多いほうがいいよね、私はひとりっ子だったから、憧れる」

幸せな未来の話をしていると、ふと鼻を掠めたのは何かが焦げたような臭《にお》い。

「……ん？　なんだ？」

顔をしかめる和幸さんに、ハッとする。

「あっ‼　サンマを焼いてたんだった‼　ごめん、和幸さん、幸也をお願い！」

慌てて立ち上がり、幸也を預けてキッチンへ急ぐと、モクモクと黒い煙が上がっていた。慌てて火を止めて換気扇を最大風力にし、恐る恐るグリルの中を開けると、一気に黒い煙に襲われる。

「ゲホッ、ゲホッ」

咄嗟に口元を手で覆う。

煙の先に見えるサンマは、まっ黒焦げ状態。

「やっちゃった……」

煙が収まる中、呆然と立ち尽くしていると、幸也と和幸さんがキッチンにやってきた。

「菜穂美……お前、またか？」

「えっと……ごめんなさい」

結婚して幸也を出産しても、私は相変わらず。こうして失敗している。

「仕方ないな。……じゃあ、たまには俺が作るよ」

「え？」

そう言うと、和幸さんは幸也を私に預け、冷蔵庫の中を覗いた。

「簡単な物しか作れないけどさ。幸也はリビングのおもちゃで遊ばせておいて。俺、見ながら作るから、たまには菜穂美もゆっくり風呂に入ってこい」

「和幸さん……」

落ち込むこともあるけれど、そばには優しい和幸さんがいる。

「あー、あー！」

『そうだよ、ゆっくり入っておいで』とでも言うように、笑顔で私の顔に手を伸ばす愛しい幸也もいる。

「ありがとう」

そんな大切な家族がそばにいてくれるから、私らしくいられるんだ。

それはきっと、この先もずっと永遠に――。

END

あとがき

このたびは『愛され任務発令中！～強引副社長と溺甘オフィス～』をお手に取ってくださり、ありがとうございました。田崎くるみです。コメディ寄りの作品でしたが、少しでも笑ってお楽しみいただけましたでしょうか？

本作は『イジワル婚約者と花嫁契約』のスピンオフ作品です。代表の息子なら、きっとこんな風に育つはず……。そんな思いから生まれました。そして、菜穂美はこれまで書いた作品のヒロインの中で、ダントツのドジッ子でした（笑）。

菜穂美のドジなエピソードは私自身もあり得ないだろうと思いつつも、本当にこんな絵にかいたようなドジッ子が現実にいたら、ぜひお目にかかりたいです。

和幸ではありませんが、菜穂美みたいな子とずっと一緒にいたら、毎日が楽しいだろうなと思います。でも同じ職場で働いていたら、ちょっと困るかもしれませんね。

代表をはじめ、ほかのキャラたちも再びこうして書くことができ、菜穂美のドジッぷりに笑いながら、終始楽しく執筆と編集作業をさせていただきました。そんな本作を読んで、笑って胸キュンしていただけたら……と願っております。

本作でも大変お世話になった説話社の額田様、三好様。そしてスターツ出版の皆様。素敵なカバーイラストを描いてくださった三月リヒト様。

そして何より、いつも作品を読んでくださる皆様。本当にありがとうございました！

自分の書いた作品がスターツ出版様をはじめ、多くの方のお力をお借りして、こうして書籍というかたちに残せて、たくさんの読者様にお届けできることを大変幸せに思います。

これからもマイペースではありますが、読んでくださる皆様にドキドキしたり笑ったり、時には切なくなったりしていただけるようなそんな恋愛小説を書いて、お楽しみいただけるよう執筆活動を続けていきたいと思います。

またこのような素敵な機会を通して、皆様とお会いできることを願って……。

田崎《たさき》くるみ

田崎くるみ先生への
ファンレターのあて先

〒104-0031
東京都中央区京橋1-3-1
八重洲口大栄ビル7F
スターツ出版株式会社　書籍編集部　気付

田崎くるみ先生

本書へのご意見をお聞かせください

お買い上げいただき、ありがとうございます。
今後の編集の参考にさせていただきますので、
アンケートにお答えいただければ幸いです。

下記URLまたはQRコードから
アンケートページへお入りください。
http://www.berrys-cafe.jp/static/etc/bb

愛され任務発令中！
～強引副社長と溺甘オフィス～

2018年2月10日　初版第1刷発行

著　者　田崎くるみ

発行人　松島 滋
デザイン　カバー　菅野涼子（説話社）
フォーマット　hive & co.,ltd.
校　正　株式会社　文字工房燦光
編　集　額田百合　三好技知（ともに説話社）
発行所　スターツ出版株式会社
〒104-0031
東京都中央区京橋1-3-1　八重洲口大栄ビル7F
TEL　販売部　03-6202-0386（ご注文等に関するお問い合わせ）
URL　http://starts-pub.jp/
印刷所　大日本印刷株式会社

Printed in Japan

ISBN 978-4-8137-0399-0　C0193

小説サイト
Berry's Cafeの人気作品がボイスドラマ化!
豪華声優陣が出演!!
溺愛ボイスドラマ×ベリーズ男子
俺様すぎる
強引社長
CV:増田俊樹
とことん溺甘!
グイグイ
秘書室室長
CV:梅原裕一郎
隠れドS!?
溺愛系御曹司
CV:石川界人
『キミは許婚』
by 春奈真実
『秘書室室長がグイグイ迫ってきます!』by 佐倉伊織
『副社長は溺愛御曹司』
by 西ナナヲ
2018年2月上旬より順次リリース!
1話はすべて完全無料!
溺愛ボイスドラマ×ベリーズ男子
App Store からダウンロード
Google Play で手に入れよう
アプリストアまたはウェブブラウザで
ベリーズ男子
検索
【全話購入特典】
・特別ボイスドラマ
・ベリーズカフェで読める書き下ろしアフターストーリー
最新情報は
公式サイトを
チェック!
※AppleおよびAppleロゴは米国その他の国で登録されたApple Inc.の商標です。App StoreはApple Inc.のサービスマークです。※Google PlayおよびGoogle Playロゴは、Google LLCの商標です。

『偽りの婚約者に溺愛されてます！』

鳴瀬菜々子《なるせななこ》・著

Now Printing

女子力が低く、恋愛未経験の夢子はエリート上司の松雪に片想い中。ある日、断りにくい縁談話が来て、松雪に「婚約者を雇っちゃおうかな」と自嘲気味に相談すると「俺が雇われてやる」と婚約者宣言！　以来、契約関係のはずなのに甘い言葉を囁かれる溺愛の毎日で…!?

ISBN978-4-8137-0419-5／予価600円＋税

ベリーズ文庫 2018年3月発売予定

書店店頭にご希望の本がない場合は、書店にてご注文いただけます。

『偽りのエンゲージメント』

及川《おいかわ》 桜《さくら》・著

Now Printing

弁当屋で働く胡桃は、商店街のくじ引きで当たった豪華客船のパーティーで、東郷財閥の御曹司・彰貴と出会う。眉目秀麗だけど俺様な彼への第一印象は最悪。だけど「婚約者のふりをしろ」と命じられ、優しく甘やかされるうちに身分違いの恋に落ちていき…!?

ISBN978-4-8137-0420-1／予価600円＋税

『キス・ゲーム』

颯陽《そうよう》香織《かおり》・著

Now Printing

冷徹社長・和茂の秘書であるさつきは、社宅住まい。隣には和茂が住んでいて、会社でも家でも気が抜けない毎日。ところがある日、業務命令として彼の婚約者の振りをすることに!?　さらには「キスをしたくなった方が負け」というキスゲームを仕掛けてきて…。

ISBN978-4-8137-0416-4／予価600円＋税

『青薔薇の王太子と真実のキス』

ふじさわさほ・著

Now Printing

ロマンス小説の中にトリップし、伯爵家の侍女になったエリナは、元の世界に戻るため“禁断の果実”を探していた。危険な目に合うたびに「他の男には髪の毛一本触れさせない」と助けてくれる王太子・キットに、恋に臆病だったエリナの心が甘くほどけていって…。

ISBN978-4-8137-0421-8／予価600円＋税

『私はとても幸せです』

きたみまゆ・著

Now Printing

花屋勤務のあずさは、母親の再婚相手の息子を紹介されるが、それは前日に花を注文したイケメンIT社長の直哉だった。義理の兄になった彼に「俺のマンションに住まない?男に慣れるかもよ」と誘われ同居が始まる。家で肩や髪に触れられ甘い言葉をかけられて…!?

ISBN978-4-8137-0417-1／予価600円＋税

『氷の王太子は甘い恋情に惑う』

紅《くれない》 カオル・著

Now Printing

小国の王女マリアンヌの婚約相手レオンは、幼少期以来心を閉ざす大国の王子。行方を消した許嫁の面影があると言われ困惑するマリアンヌだったが、ある事件を契機に「愛している。遠慮はしない」と迫られ寵愛を受ける。婚礼の儀の直前、盗賊に襲われたふたりは!?

ISBN978-4-8137-0422-5／予価600円＋税

『イケメン御曹司は甘く口説く』

滝井《たきい》みらん・著

Now Printing

とある事故に遭ったOLの梨花は同じ会社のイケメン御曹司、杉本に助けられる。しかし怪我を負ってしまった彼を介抱するため、強引に同居させられることに。「俺は君を気に入ってるんだ。このチャンス、逃さないから」と甘く不敵に迫ってくる彼に、梨花は翻弄されて…!?

ISBN978-4-8137-0418-8／予価600円＋税

ベリーズ文庫 2018年2月発売

書店店頭にご希望の本がない場合は、
書店にてご注文いただけます。

『愛され任務発令中！～強引副社長と溺甘オフィス～』

田崎《たさき》くるみ・著

ドジOLの菜穂美は、イケメン冷徹副社長の秘書になぜか大抜擢される。ミスをやらかす度に、意外にも大ウケ＆甘く優しい顔で迫ってくる彼に、ときめきまくりの日々。しかしある日、体調不良の副社長を家まで送り届けると、彼と付き合っていると言う女性が現れて…？

ISBN978-4-8137-0399-0／定価：本体640円＋税

『俺様御曹司の悩殺プロポーズ』

藍里《あいさと》まめ・著

新人アナウンサーの小春は、ニュース番組のレギュラーに抜擢される。小春の教育係となったのは、御曹司で人気アナの風原。人前では爽やかな風原だけど、小春にだけ見せる素顔は超俺様。最初は戸惑うも、時折見せる優しさと悩殺ボイスに腰砕けにされてしまい!?

ISBN978-4-8137-0400-3／定価：本体640円＋税

『婚前同居～イジワル御曹司とひとつ屋根の下～』

水守恵蓮《みずもりえれん》・著

親の会社のために政略結婚することになった帆夏。相手は勤務先のイケメン御曹司・樹で、彼に片想いをしていた帆夏は幸せいっぱい。だけど、この結婚に乗り気じゃない彼は、なぜか婚約の条件として“お試し同居”を要求。イジワルな彼との甘い生活が始まって…!?

ISBN978-4-8137-0396-9／定価：本体630円＋税

『最愛の調べ～寡黙な王太子と身代わり花嫁～』

森《もり》モト・著

天使の歌声を持つ小国の王女・イザベラは半ば人質として、強国の王子に嫁ぐことに。冷徹で無口な王子・フェルナードは、イザベラがなんと声をかけようが完全に無視。孤独な環境につぶれそうになっていると、あることをきっかけにふたりの距離が急接近し…!?

ISBN978-4-8137-0401-0／定価：本体640円＋税

『冷徹ドクター 秘密の独占愛』

未華空央《みはなそらお》・著

歯科衛生士の千紗は、冷徹イケメンの副院長・律己に突然「衛生士じゃない千紗を見たい」と告白され、同居が始まる。歯科医院を継ぐ律己に一途な愛を注がれ、公私ともに支えたいと思う千紗だったが、ある日ストーカーに襲われる。とっさに助けた律己はその後…!?

ISBN978-4-8137-0397-6／定価：本体630円+税

『華麗なる最高指揮官の甘やか婚約事情』

葉月《はづき》りゅう・著

リルーナ姫は顔も知らない隣国の王太子との政略結婚を控えていたが、悪党からリルーナを救い出し、一途な愛を囁いた最高指揮官・セイディーレを忘れられない。ある事件を機に二人は結ばれるが、国のために身を裂かれる思いで離れ離れになって一年。婚約者の王太子として目の前に現れたのは!?

ISBN978-4-8137-0402-7／定価：本体640円＋税

『エリート専務の献身愛』

宇佐木《うさぎ》・著

OLの瑠依は落とし物を拾ってもらったことをきっかけに、容姿端麗な専務・浅見と知り合う。さらに同じ日の夕方、再び彼に遭遇！　出会ったばかりなのに「次に会ったら君を誘うと決めてた」とストレートにアプローチされて戸惑うけど、運命的なときめきを感じ…!?

ISBN978-4-8137-0398-3／定価：本体640円＋税